# 幸福药方

祝跃容 著

【祝语·家文化】

让家成为爱

让生命成为庆祝

家庭、家教、家风

家是一盏灯

灯是温暖的光

教是一句话

话是祝福的口头禅

风是一段旋律

生命是爱的主旋律

愿每一个家庭

成为生命温暖的港湾

### 图书在版编目（CIP）数据

幸福药方 / 祝跃容著. — 深圳：海天出版社，2021.11

ISBN 978-7-5507-3096-0

Ⅰ.①幸… Ⅱ.①祝… Ⅲ.①人生哲学—通俗读物 Ⅳ.①B821-49

中国版本图书馆CIP数据核字(2020)第265501号

## 幸 福 药 方
XING FU YAO FANG

| | |
|---|---|
| 出 品 人 | 聂雄前 |
| 责任编辑 | 卞　青 |
| 责任技编 | 梁立新 |
| 责任校对 | 叶　果 |
| 装帧设计 | 斯迈德设计 |

| | |
|---|---|
| 出版发行 | 海天出版社 |
| 地　　址 | 广东省深圳市福田区彩田南路海天综合大厦7-8楼 |
| 网　　址 | www.htph.com.cn |
| 订购电话 | 0755-83460239（邮购、团购） |
| 排版制作 | 深圳市斯迈德设计企划有限公司（0755-83144228） |
| 印　　刷 | 深圳市晶宇印刷有限公司 |
| 开　　本 | 787mm×1092mm　1/16 |
| 印　　张 | 21 |
| 字　　数 | 272千 |
| 版　　次 | 2021年11月第1版 |
| 印　　次 | 2021年11月第1次 |
| 定　　价 | 68.00元 |

海天版图书版权所有，侵权必究。
海天版图书凡有印装质量问题，请随时向承印厂调换。

# 目录

自　序　/001

生命篇　/003

成长篇　/063

智慧篇　/083

两性篇　/167

亲子篇　/189

情绪篇　/259

唯爱篇　/271

财富篇　/293

关系篇　/303

后　记　/328

# 自　序

2020年，不寻常的一年。

我的新书《幸福药方》出版了。

存放了近十来年的文字，不紧不慢，赶在了这个庚子之年与读者见面，无论是偶然还是必然，都是一个自然的过程，没有刻意安排，没有计划，一个自然的发生。

年初疫情期间，我在办理四年前出版的两本书的加印手续时，书中的文字触动了出版社的卞博士——他想再出版一本我的新书，刚好我手头有存稿，就让助理发了过去。

将近一年的时间，深圳海天出版社整个团队的辛勤付出和努力，精心地打磨着这本书。虽然我至今也没见过这个团队的任何人（除了卞博士以外），然而，他们每一位的用心和付出，都融进了我的生命里，这份温暖也将鼓舞更多的生命。

《幸福药方》的书名，是海天出版社整个团队的创意和智慧，也是他们的心愿和祝福：祝福每一位遇见《幸福药方》的朋友都能从中找到属于自己幸福的路径，沿途都可以遇见属于自己生命的风景……

我本人从来没想过给任何人开药方，作为一名有着近四十年对学生进行生命教育的教师，我有更多的缘分去聆听生命的心声，有更多的机会在课程中、在个案中去体验我的人生……

二十七万字的《幸福药方》，每一段话，每一个字，都是我与无数生命温暖的连接，生命所跳动的音符和流动的旋律，是我当下聆听生命虔诚的回音……

感恩这些年，我遇见的每一个生命，是你们扩张和成就了今天的我，让我有机会在山水间行走，在红尘中历练，活出我平凡生命的灿烂。

感恩我生命中所遇见的每一位老师，我生命一切的美好就是与你们不期而遇。

感恩三日文化所有的家人对我的支持和全然的付出。

感恩我所有助教团队的老师，你们是存在的最美风景。

感恩我的助理：一菲、姚静、祝福、逸祯，你们对我工作的支持及生活的照顾，让我可以全速前行。

感恩所有与我合作过的平台和正在与我合作的平台，你们是生命爱的桥梁。因为你们，无数有缘的生命可以回到他们心灵的家园。

感恩我生命中一群良师益友：王星教授、韩姐、姜红姐、胡谊姐、罗伟君、肖华、郭红、唐旭、郝伟、静仪……你们的智慧常常给到我生命的启迪和灵感，你们对我的付出与支持一直温暖着我。

感恩我的家人，感恩我的兄弟姐妹，给予我的关怀和爱的空间，让我心无挂碍。

感恩积极乐观的家姐祝和明，一直以来温暖地照顾着家里的每一位成员，这份温暖已珍藏在了每个人的心里。

最后，祝福世界繁花美好，祝福生命吉祥喜乐。

祝跃容

2020年12月14日于深圳

幸福药方

The Secret of Happiness

# 生 命 篇

真实地面对自己的生命，是生命中最重要的一件事，会让你超越所有的局限。

向内走，之所以艰难，是因为我们不再往外看。往内探索自己的时候，内心会有一种害怕失去的恐惧升起，害怕失去曾经努力而获得的权力、地位和金钱……内在的一切看不见，外在的这一切可以控制在手，生命又是那样不确定，强烈的不安全感让人们执着地追求和操控着外在的一切。

有三种形式的知识：第一种知识只是资讯而已，科学可以从那诞生；第二种知识是人类情感的知识，心理状态和感受，那是所有艺术的来源；第三种知识不同于前两种，是透过生命蜕变而来的经验……我们通常所说的知识指的是资讯。

深入纯粹地活在你的身体里，缺失感消失，你将会被充实。你的充实会让你活在更高层次的存在之中。

成长，不是一种知识，而是一种经验，你没有办法用语言和理论替代任何人的成长，每个人的成长都需要自己去体验。

成长，并不是你得到任何的东西，而是你不断地失去你的枷锁，你的束缚，你的凄苦，而活出原本的自己。

每个人都是自己生命的国王，并不缺乏任何的东西，然而，很多人并不知道这个真相，不断地在自己王国以外的世界挣扎乞讨，只是努力地成为一个更大的乞讨者，最后，带给自己的是更大的挫败感和无助感。

生命的能量不往内走，外在所有的实现，都只是一个幼稚的达成。

面对自己，需要勇气，带来的是祝福。

残缺感就是总看到别人的好，看不见自己的好。

生命在不断地向前推进，不可能在任何人的脚下停留……每天，我们所有的选择和所言所行，都在选择我们的未来，生命内在的演化决定我们内在的生命是否成长。

你的品质决定你的事业，也决定你的运气。

庆祝，就是你把温暖和喜悦带给了他人，你也允许他人把爱和快乐带给你；
庆祝，就是百花盛开。

点燃你的火把，去到任何地方，你都将被正确地引导。

所有的上瘾，都是人们想借由上瘾后的虚幻感觉找回自己，然而，人们找回的不是自己，却是某种悲惨，因为走错了方向。

任何正确的答案，不是一个思考，不来自任何的逻辑，源于一个正确的中心……这个中心就是你内在的智慧和觉知。

在印度，有一条恒河，传说，你沐浴在恒河里，所有的罪恶都将消失……无论真假，这个传说都非常美！它在告诉人们：你的心灵不被罪恶占据，外在的罪恶可以瞬间消失。放下屠刀，立地成佛！

我们常常用极端的理性捍卫自己的愚蠢，捍卫自己的挣扎，捍卫自己的地狱……这一切的捍卫，都是自我的防卫，失去的是生命的和谐与喜乐。

最好的音乐，最美的艺术，都是生命那些黑暗的部分所带来的，面对黑暗，无须恐惧，敬重你面对的黑暗。

走过沙漠，需要勇气，每个人或许都会遇到人生旅途中的沙漠，没有一棵树可以让你坐下来休息，如果你有足够的勇气穿越这片沙漠，你会感受到沙漠本身的美，没有树，没有河流，却有它本身的广阔和无垠，走过人生的沙漠，你就会看到你生命的宽广和无垠。

我们"知道"很多……这些知道，让我们变得自我和傲慢，失去了臣服与谦卑，我们的博学，让我们错过生命的某种美好，永远保持"不知道"的状态，你敞开的心门，是幸运之门。

如果你想从困境或艰难中走出来，立足点很重要，这个立足点指的是你生命内在的认知点，你的内在是藏着黑暗还是阳光，决定你能否走过艰难和风雨。

在平凡的日子里，做点力所能及的事情，把生命美好的品质带进去，非凡将会随风而来。

人是一棵会开花的树，
可以如同莲花一样绽放。
需要的是穿破淤泥的能力，
使用生命能量的能力，
而不是被能量冻结和控制自己，
这是唯一不辜负岁月和敬重生命的方式。

露珠消失在海洋里，不是露珠真的消失了，
而是露珠成了海洋。

当我们放下执着的自我,
并不是让自己消失,
而是让自己成为浩瀚的星空和宽广的世界。

大地醒了,迎接新的太阳升起,鸟儿在歌唱,花儿在开放,新的一天,也是每个人内在黎明的到来。

背景、学历、资历、某种人脉关系和资源,在过去相当一段日子里很有用,今天,整个情形已经完全变了,心智、创新、独特、独立以及你对生命的态度,将直接决定你人生道路的宽广和辽阔。

每个人都是自己的老师,也是彼此的老师,在生命圆满的旅途中,彼此支持,祝福生命吉祥,世界美好!

当你走在属于自己生命的道路上时,你会发现资源财富自动对接。

一个强势的人,如同一辆大卡车,带给人的是压力和沉重,柔软、谦卑、流动而平和,是生命真正的力量。

彩虹,是微小的水滴浮在空气中,太阳光穿过空气中这些微小的水滴,水滴在特别的角度有类似棱镜的功能,将白光分解成七种颜色的光线，彩虹就出现了，所有的颜色都是白色的一部分，白色代表所有的颜色，代表吉祥，代表纯洁，代表多维、丰富和美丽。

从普通平凡人开始，一切从这里出发，去感恩人生点点滴滴平凡的生活。

一张床，一口饭。

怀着感恩，就是美好。

祝福，之所以有用，源于这个人愿意接受祝福。

静心修炼的目的，是让一个人再度成为一个纯真的人，唯有纯真，才有可能回到源头。

修行，就是不断带走你生命中虚假的一切，最终你看到真正的自己，而不再被外界打扰，这是生命的高贵和美好。

宇宙有一个永恒不变的法则：就是你会得到你所给予的一切。

你想要什么，就去给予什么，如果你还没有得到，意味着你未曾给予过。

感受着你的心跳和宇宙的脉动和谐共存。

此刻，你就处在生命源泉的中心。

不辜负你生命中的任何一个片刻，用心做好每一件小事，让你的衣、食、住、行的任何一件小事，都如朵朵盛开的花，你的感恩和对生命的敬意以及觉知，是串起那朵朵盛开花朵的线，最后，一切都回归到圆满之中。

起点就是终点，
你给出的一切都会回到你的生命中，包括起心动念。

尊重你的泪水，它不只是悲伤，有时它洋溢着生命的喜悦和爱，它来自生命的核心。

绕着困难走，无力面对困难，一辈子都会困难，这是一个孩子的表现，源于内心缺乏自律和成熟的心智。

女人是生命的桥梁，女人的美好，是家族的福德。

一个人的生命如果成为对自己的祝福，你就是在祝福这个世界，祝福每一个人。

做事得过且过的人，是没有觉知到自己生命的意义，痛苦、挣扎地度日，灵魂活在黑夜里。唯有爱能够穿越灵魂的黑夜，感受到来自星星的祝福。

禅宗那些拐弯抹角的隐喻创造了某种美好，生命的神秘，需要诗意，太直接的方式常常携带着某种暴力和侵略性。

太阳的体积是地球的体积的六百万倍，跟太阳比，地球显得很渺小，那我们跟太阳比，就如同微尘。而太阳并不是最大的，有些星星对照太阳，太阳也只是一粒微尘，如果我们关心的仅仅是事物的外表，常常会带给我们种种的挫败，比较会让我们看不见自己生命的意义，一直活在渺小的自卑中，世界是一个整体，无论大小，本质存在的一切，都是宇宙意识的一部分，都是构成这个神性世界的一部分。

今天是感恩节，不是感恩节才需要感恩，生命的每一天，都需要感恩，感恩父母和天地万物的养育，感恩一切的助缘，感恩生命中的每一个人，一切的一切都是成就我的来源，祝福生命美好，世界吉祥！

美好，就是在每一个平凡的日子里，真诚地活着。

大雪覆盖的是每一个生命厚积薄发的能量和希望。

当你活在生命里，带着自己，带着自己的灵魂进入这个世界，每条路都是对的。

宇宙，这个存在是个巨大的系统，我们无法用任何理论去解释这个系统，科学越深入，旧有的理论都变得没有用，昨天的未知，变成今天的已知，无论是未知，还是已知，都是表面的，这个神秘的世界无法解释，唯有敬重，单纯而尽情地活着，已是美好。

如梭的光阴，诉说着人生百味，重要的是不要辜负了自己的生命。

成长的路，没有高速公路，只有人行道，一步一个脚印，有时人行道都没有，需要你走出一条路来。

找寻人生的目的和意义，找回自己，是最终的决胜，其他的意义和目的只是顺便实现。

天地大美而无形，人生的欢乐无法定义，生命的音乐是无声的，灵魂的舞蹈是没有移动的，放下自我的执着，成为生命整体的存在，即使无为，你也是大美的存在。

祝福所有的生命都生活在和平与宁静之中。

感恩是打开生命美好能量的钥匙，感恩可以将苦难变成祝福，愤怒成为力量，悲伤成为风情，活着，就是美好，感恩万事万物的存在。当我们感恩的时候，就在推动我们的生命向前。

每个片刻都记得，放松在你的存在里，这是一生的修炼。

大寒，把春天的气息深深地藏在了心底，人生所有的寒气都蕴藏着春的生机。

甘愿做川谷，这是永恒德性之来源。

科学被物质的范畴所限制，心理学被头脑的范畴所限制，修行是穿越物质和头脑的努力，从而找到你生命内在的光辉，找到生命最初的源头。生命不需要毫无意义的心理分析师，更需要勇敢落地的实修。

我们把能看到的有形的世界，称为客观世界，然而，今天人类所看见的这个客观世界，据科学论断，我们只看到了这个世界的百分之十不到，我们对这个世界了解甚少，除了谦卑，唯有敬重。

真心的感恩源于你明白自己生命的珍贵，否则，一切的感恩都是表面的客套和形式。

对饥饿的人讲生命内在的成长，是某种无情和无理，然而，衣食无忧，也并不代表你是幸福的，生命内在的成长是人类终极的目的。

祈祷，是你的生命与存在之间的一种神圣对话，不是机械的心念，与任何的宗教无关，是来自你生命内在自发、自然的一种虔诚。

路，不在任何地方，在每个人的心里。

宁静、安详、孩子般纯真的微笑是生命强而有力的神圣力量。

每个人都是这个宇宙的一粒微尘，然而，再伟大的成就也抵不过这一粒微尘，因为没有生命，一切都免谈，祝福所有的生命吉祥美好！

宽广的视野，能丰富一个人的生命，同时也会决定一个人的高度。

对一个口渴的人讲大海，是误导。
口渴的人只需要一杯水解渴，大海的水太咸，对解渴没意义。
大海绝对是生命的摇篮，生命的真理。
对口渴的人谈真理，不如给他一杯水。

修行，就是让一切的美，成为你生命的味道，不是去复制任何人。
技巧技能可以复制，生命是独特的。

女人不一样的品质，带给家庭的是不一样的福德。

尊重每一个女人，每一个女人都有各自不同的生命特质和福德。


每一件平凡的小事和每一个平凡的日子，都可以赋予生命一个非凡的意义。


事必躬亲，苛求完美。

"出师未捷身先死。"活活地累死了诸葛亮。

人生漫漫，岁月悠悠。

我们需要有所为有所不为，将军赶路不打兔。

幸福不是足够完美，而是懂得给生命"留白"，艺术需要，生命更需要。


拒绝科学，迷信幻觉，结果是愚昧而贫穷，

执着科学，失去灵魂，生命是机器无尊严，

任何单一的极端，都会局限生命而让生命受苦。


文明的进步，如果失去了对生命的朝圣，所有的努力或不努力都是在浪费时间。


活出你的天赋，是对老天的谦卑。

修行，很重要的一点就是学会放松，不抓住也不排斥任何人。

抓住自己的真本性，专注自己的感觉，去逐渐净化它，心中那些负载的重量和紧张，逐渐成为一种芬芳的内在生命之流。

性是生命的起点，死亡是生命的终点。

两者是生命中最重要的点，却不断地被人们深深地误解：性是肮脏的，死亡是阴暗的，如此，只会让我们一直活在恐惧之中，唯有两者被接受，被尊重，被经历，才能真正活出生命。

任何事情，唯有尊重其事实或接受才有可能不被其制约。

感恩之心，是对生命最有效的建设，或许，你还有失望和挫败，无论如何，去感恩你所拥有的，去感恩所有曾经支持过你的人，这样，好运会一直跟随你。

祝福的最高峰，并不是你一直处在成功的顶峰，而是你有能力以从容的态度感受你的生命，全然地去体验你的人生，并不是败而悲，成而喜，能淡然地接受所有的结果，你不被成败而打扰，你就处在祝福之中。

生命的每一天都是一个崭新的机会，我们与天地共生，与万物相连，带着这份与整体的和谐，活出自己是对世界虔诚的祝福。

年轻，不是外貌，是内在的精神生命，是一个人生命内在的柔软、弹性、不断流动的能量与活力。

每个生命，都与天地同寿，只是以不同的方式同在于这个世界，珍惜你每个当下的生命状态和存在方式，这份珍惜和敬重，带来的是终极的美好与圆满。

我们每个人都是苍穹大地的一部分，每天我们都在用声音振动这个宇宙，宇宙也以相同的振动频率回应你的生命，所以，发出你的高频和正能量，你给出去的一切，就是你的人生和命运。

这个世界没有任何东西是死的，万物都是活的，一块石头只是在万年中沉睡而已，所以，不要对任何东西无礼，无论接触什么，无论说什么，带着生命的敬意去遇见。

冷漠不是平静，冷漠是一个坟墓的平静，这种坟墓般的平静，对他人没有伤害，对自己则是慢性自杀，生命需要温度，需要热忱，需要活生生，在这基础上的平静才是一份祝福。

生命涵盖了正反两极，每个人都在白天与黑夜的不断交替中往前行，我们无法抛弃任何一极，接受两极就是圆满。

修行，意味着在我们的内在创造出一个秩序，创造出一个坚实的中心，让混乱的自己变得清晰而有力量。

一念一波，你是一切的源起，不去担心结果，发出你的正念波，美好是自然的，坚持正念，时间换取空间，坚持正念，有一天，你会看到生命的浩瀚。

透过欲望，我们只能了解失望，一次次地失望，继续希望那个欲望达成，在希望和欲望中你是混乱的，没有秩序的。我们需要创造一个中心，进入一种修行，让生命混乱的能量变得有序进行，生命是和谐的，一切的达成不是挣扎来的，只是一个顺便。

每个念头，都是飘过的一朵云，或是乌云，或是白云，如果你跟云成为一体，被云带走，你就会错过天空，我们需要看到自己如天空般浩瀚的生命。

一个人活出自己的美好，是对世界最好的感恩，你把光亮带给了世界，就像一朵花，它把芬芳带给了世界，这是生命存在最终极的意义。

如果一个人缺乏正向性的思考和表达，生命将错过美好、喜悦和自由，感受到的是内在的匮乏和贫困，改变你的表达方式，即改变你的人生。

热情是头脑的能量,将这个能量移向你的心,就是慈悲,这是生命一个全新的蜕变。

看不见自己无价的生命,是最大的忘恩负义,再没有任何的恩赐能大过你的生命,一个看不见自己生命的人,所有的感恩都是伪装,即使拥有整个天堂也是匮乏和不满的,看见自己生命的浩瀚,一杯茶,就可以让你感受到天堂般的祝福。

人跟机器人的差别是鲜花和纸花的差别,一个有芬芳,一个没有芬芳;一个是生命,一个是工具。人使用工具,而不需要成为工具。

每个生命都是一个独特的设计,活在自己生命的天赋里,那是一个自然的绽放。

灵性和科学保持同步,对生命的成长是有益的,今天的人类更加需要它。

活着,唯有成长,
无论你遭遇了怎样的苦痛,
成长是生命唯一的出路。
成长,
可以照亮你的过去,
也可以点亮你的未来。

一切的存在都有意义，
不去否定任何人，
当你否定别人的时候，
你已经在阻碍自己，
如果没有你以外的任何别人，
你还在吗？

没有人可以承担他人的心灵负担，
没有人可以圆满他人的神圣生命，
了解到这些，
可以让我们对他人的人生有一份尊重，
可以让我们对自己的人生有一份担当。

生命比我们的逻辑和理智更为智慧和浩瀚。

生命中的一切康复或疗愈不来自任何的治疗师或个人，而源于生命本身的力量，

每个人都透过父母来到这个世界，接受父母、敬重父母、与父母和解是疗愈的开始，也是生命有效的移动。

生命不是一个结局，不是跟任何人去比赛，

生命是一个过程，每个人都是一个过客，慢慢地来，优雅地走，不着急不着急，最后，每个人都会去一个地方。为难自己还是善待自己，选择不同，你的生命会大不一样。善待生命，生命就会照顾你，善待生命，生命就是一份祝福。

接纳你生命一切的发生，意味着你开始落地生根，
落地，意味着你再没有空间往下掉，只有机会往上生长。

"一念惊四海，人心通天地。"
一切的幸福，源于你那颗初心。

莲花的存在，是大自然的奥秘最不可思议的现象之一，莲花从发臭的淤泥中带着它的芳香和纯洁走出来，没有傲慢，也不自卑，带着它的奥秘，宁静和谐地融入这个世界。

活在祝福中，就是你能享受美丽的落日和宁静的星空，即使什么也不做，你身体的每个细胞都是喜悦的，舞动的，你能感受自己和他人，甚至能感受一块石头那沉睡的灵魂。

人生，除生死之外，无大事，透过每一件小事，把你生命的品质和喜悦带进去，享受你的生命，这是唯一的大事。你不享受生命，就会恐惧，享受生命，就会赢得人生。

优雅，是自然存在的品质，每个人都具备，并不需要去学习，动物都很优雅，树木、山川也很优雅，因为它们都很自然，如果我们失去了优雅，是因为我们没有活在自然中。

准备好两种品质：进入未知的勇气和长久的耐心，所有的梦想都可以成真。

疑问，不是问题，问题是你永远活在疑问中，那是一种幼稚和无知。疑问是我们的踏跳板，踏着疑问我们去探索生命的真谛，从而走向胜利的彼岸。

事实，是瞬间的故事，真相是永恒的真理，每个人的生命都是那个永恒的真理，生命不朽，只是在某个时空以不同的故事而存在，忠于自己的真理，忠于自己的生命。

能够被解释的，是渺小、有形而有限的事物，无法被解释的是浩瀚的生命，足以涵盖所有的矛盾和问题，矛盾在诗人、爱人、凡人中彼此相遇，而又彼此融化在对方的生命里。

有一条路，每个人都在找寻它，不管你知道还是不知道，你的内心都一直在渴望找到这条路……回家的路……整个生命都是对它的渴望，这条路在某个角落里，那个角落有一个被遗忘的人，他本身就是那一条路。

有决定才能有结果……决定是你迈出的第一步，第一步也是旅程的全部。

清明，是一个感恩的日子。

清明，是我们祭祖的日子。

祭祖，不是形式，心生敬意很重要，心不敬，烧再多的纸钱也白搭。生命是一棵树，祖先是树根，父母是树干，我们是果实，硕果累累，需要根深叶茂。生命是组合体，祖先、父母和我们是一个整体。

只要树根强壮，树干才会好，果实才会甜。在与生命源头连接的日子里，让我们感恩祖先的福德，感恩父母的养育，感恩已逝亲人和先烈们曾经所有的付出。

我们以生命所有的美好称赞他们……祝福他们的灵魂溶入永恒的光芒之中。


春意浓浓的季节，播下生命美好的种子，在这个万物萌芽的季节，一个正确的开始很重要，否则，一个错误的起点和开始会破坏接下来所有的努力，方向不对，你的潜力越大，风险越高。

正确的起点是整个努力的关键，这个世界不缺少努力的人，缺少正确努力的人。

选择好你的起点，终点你会遇见更美好的自己，终点永远忠于起点。


生命最大的难题不是无知，而是对抗。

无知有良药，对抗无解药，

无知是简单的病，只是睡着了，可以被唤醒。

执着无知，赖床不醒，这是最大的麻烦和难题。

舞蹈，就是让你身体的移动带着欣喜，带着欢乐，这种移动可以深入你的内在，是你面对自己的真诚，没有任何标准，不跳给任何人看，只是纯粹的欢舞，在欢舞中放松，在欢舞中找到自己生命内在的路径，这就是修行。

用自然的方式活过你的生命，这是一种虔诚。

我们可以借来知识，然而，借来越多的知识带来的是更多的紧张，原因是这些借来的知识无法消退我们内在的无知，消退无知要从认识自己开始。

溶入花草，溶入河流，溶入山川，溶入天地……感受倾听自己，与存在自然和谐地流淌。

山谷回音，如同生命，你把什么分享出去，返回来的就是什么。

同样的语言，不同的人使用，会留下不同的能量场和烙印。

经历人生任何的苦难，只要把生命的光亮带进去，尊重自己的人生，所有的伤痛都将成为你人生的勋章。

市面到处是补肾的广告和药物……事实上，肾虚是假的，心虚是真的，人们需要补的不是肾，而是心灵的空虚，生命茁壮，一切都不是问题。

单独，是你找回了自己……孤独，是你失去了别人。

去到任何地方，都带着一份觉察，让自己不要把焦躁带给周围的人……这就是修行，就是爱和慈悲。

每个人都是自己的地狱或天堂，以何种心态来过生活很重要，看开，想开即得安详！

头脑只有提问的能力，没有回答问题的能力，更没有回家的能力，放下头脑的提问，爱才能带你回家。

让你的心静下来，感受世界对你的祝福。

谦卑，不是一个念头，谦卑是你对生命的一份敬重和感恩。没有任何人花过一毛钱，却拥有这样浩瀚的生命。

像孩子一样纯真，敞开，傻傻地活着，是一种幸福，你的灵魂是晶莹剔透的。

心灵的记忆像灰尘一样积压在心底深处，二十年前，有人伤害了你，那份难过一直跟随你到今天，影响着你的人生，影响着你对事物的判断，毒化着你的生命，到底谁要为此负责，我们才肯放手那些伤痛，没有第二个人，唯有你自己，找到某种方式疗愈和放手那些尘封的种种挣扎，你就能感知雨水带着音乐在屋顶上唱歌、舞蹈，你也可以参与其中去庆祝你的生命。

有一天，当你能感知到你生命之花的芬芳，真正的感恩才会从你内心升起。

不管你遭遇了什么，带着你生命的温度，去感恩和庆祝你在世界行走，这意味着你真正活着，活着就足矣。

你的生命可以有两种状态，成为一潭死水或一条流动的河流，一潭死水会带给你腐朽，一条河流带给你鲜活的生命力和不断超越的惊喜。

信任，来自你生命的内在，即使全世界怀疑你，也不能动摇你，这就是信任。

对一个人的生命来讲，能活100年已算长寿，然而，在历史的长河中，只是一瞬间，完整地活出自己才是根本。每一天，带着你的爱和宁静，完整地呼出和吸进你的每一口气，以这样的方式浇灌自己，最后的结果就是生命绽放。

煤炭和钻石的元素是一样的，而它们的价值却是天壤之别，钻石是煤炭的结晶。

结晶意味着曾历经无数的压力和高温的锤炼，

生命任何的成长都需要身体力行去面对红尘的种种，否则，一切的美好只是妄想和空洞的理论，

锤炼，是让我们成为钻石的必经之路。

如果你是一盏灯，你可以点燃另一盏灯，你并没有失去什么。

对于生命内在的成长，急于求成，一定是欲速而不达。

无数人的生命状态都处在一种对抗之中，接受性，是生命中非常重要而美好的品质，唯有你允许自己具有接受性，你才能遇见美好。

真理不需要投票来决定，真理不需要被证明，因为真理是自明的。

欢笑,是生命的重要主题,请别忘了欢笑,这是对生命的敬意。

试图让自己成为任何人物都将会走向负向,成为自己是唯一正确的路。

想成为任何特殊人物,都是自我对生命本性的否定,以优越感示人,会让自己变得更低劣。

河流在掉进大海之前,需要先失去自己……当我们能够完全张开握紧的拳头,放下自我,我们就放下了受苦的源头。

每天,我们给自己的头脑加进无数的资讯,那是一个量的增加,生命的品质没有丝毫的改变,这些资讯不会让生命更智慧,而是更无知……无法了解生命是唯一的无知。

带着好奇心,谦虚,放松地生活,需要努力时,全力以赴。

眼睛看到的常常是表面的,透过你的心,你会看到眼睛不知道的世界。

性和死亡,是生命中最重要的点,一个是起点,一个是终点,每个人因性而出生，最终每个人都将消失在死亡中，然而，我们对这两者的了解是扭曲的，关于性，我们认为是肮脏的，关于死亡，我们感觉是阴暗的，所以，一直以来，避免谈论，也无法谈论，这两者必须被了解，一个人才能真正了解自己的生命，才能活过生命中的每一件事，而没有罪恶感，在发生和经历过的每一件事情中超越和提升自己。

不随意地评判他人，不随意地给任何事下结论，是修为；不活在他人的评判中，接受人生所有的发生，是修行。

你的人格就是你命运的格局。

人类与动物的根本区别：人类拥有生命内在意识的高度和调整自己内在情绪的能力。

一群人的孤独和一个人的狂欢，是爱自己与否的差别。

我们的孩子需要比上一代活得更美好……叫感恩和报恩。否则，你的生命只是一场报复和浪费。

万物一体，整个存在是一张网，触动这张网的任何一根丝，都会振动整张网，没有人是孤岛，活出生命的纯真，活出生命的全然，活出生命的美好，这是你对世界的贡献，也是对自己的慈悲……你就是世界，世界就是你。

纯真、简单、宁静、平和、友善，这些是生命珍贵的品质，也是生命富有的状态。

河流不管遇到山谷还是森林，总有一天它会到达大海，河流知道它要去哪里，因为它有生命的指引，生命有自己的路线。每个人都是生命的孩子，每个人的内在都被生命充满，如果我们信任并跟随生命，有一天，我们也会到达生命的源头。

每一条河流，注定有一天都会进入海洋，即使远离海洋，终究都会抵达海洋。同样，人生走过的每一步都算数，我们可以怀着爱，唱着歌，跳着舞，欢乐地前行。

生命的浩瀚和神秘，没有任何的理论和体系可以涵盖和容纳它，与生命相比，无论是科学的理论，还是专业的系统，都是渺小的，敬重是我们唯一的态度。

任何事情都是相对的，没有事情是绝对的。千万年以来，人们一直歌唱着月亮的美，月亮确实很美，但如果我们真的去到月亮上，一定会很失望，所有的美，都以距离而定，当接近某个点，那个美的概念将会改变。

生命的浩瀚告诉我们：我们对一切事物的了解都是相对的，我们甚至无法对自己说："我了解我自己。"我们离自己太近，了解自己很困难，所以，对自己的生命也需要有一份谦卑，谦卑就是享受和庆祝自己的生命，而不去定义生命。

不要谴责任何人，每个人都在经历自己的人生，探索自己的生命。

生命没有一件事情是理所当然的，花朵的芬芳，小鸟的歌声，每个片刻的呼吸，每件事情都是一个奇迹，都是神秘的，这就是存在的祝福，这也是每个人内在永恒的生命力，唯有感恩才能了解。

浩瀚的无意识，是生命真正的意识，生命的智慧之光。

贪婪，是喝醉了酒，生命处在不正常的状态。

任何的放纵和贪婪都无法带领我们走出生命的困局。

目前，全世界的成长运动已来临，各种团体的治疗在世界的每个角落发生，在某个层面是美好的，然而，这不是终极的目标，只是管道。

每个人都需要透过自己坚韧不拔的修行，找到生命的快乐和自由。

足迹，是每个人过往的岁月，你不需要活在足迹里，因为足迹无法留住生命……生命在不断地流动当中，每一个片刻都在死，每一个片刻都在生，生命在不断向前流动，如果你固执地累积死去的足迹而停留在那里，你无法与生命同步，只会与挣扎相伴；你无法活出崭新的生命，只会活在头脑的抗争当中。像孩子一样纯真地活着，全然地活在当下，这是一种智慧。

我们需要对生命真实，而不是对理论和教条真实，否则，就走错了路……没有任何的理论可以涵盖生命，一切都需要为生命让路。

人间万事皆在陶冶。

助人的心，要类似园丁……只做需要做的事情，然后，让植物花朵自然生长而不去打扰，耐心等待果实成熟的季节……任何生命都需要自己落地行走，没有人可以承担他人的生命之重。

尊重其他人的命运，叫谦卑！

看见一朵花，欣赏它的美，这是自然，是庆典。每个人的生命都需要这样的庆典，否则，生命只是沙漠。

今天，在探索生命成长的领域，有无数支持我们的课程和体系，无论是占星，还是易经，以及生命数字和人类图……这些都不是终极的目的，也没有谁是绝对的解药，对于生命来讲，所有的理论都是有局限的，但生命是无限的，如果我们活在理论里，就掉进了迷信中，一切理论和体系都只是拐杖，只能借力，不能依赖，否则，你就失去了自己行走于世间的力量。

生命不是孤岛，生命是一切的相遇，你的父母，你的祖先，都隐含在你之中，所有的过去和未来都在你的生命之中，在这个片刻，你具有了未来的潜力，因跟随着果，果跟随着因，因与果，过去与未来，每一件事都经过你，存在的每一条线都在你这个支点上交错，你就是全世界，每个人都是，生命平等，万物一体。

生命不是简单的对与错，是与非，如果你对生命总是持有这样的态度，你的内心会很分裂，你离生命已很远。

一个人如果可以快乐地接受自己的平凡，不是出于无奈，也不是出于绝望，而是对生命的感恩与理解，接受自己是平凡普通人中的一个代表，放下自我所有的证明，这份接受自己平凡的生命态度，会让你看到生命真正的非凡。

跟随生命的爱成长，感受生命的辽阔。

如果你试图寻找天空，你永远也找不到它，它没有边界，你无法抓住它，你越接近它，你越无法看清它……天空不在某处，它无处不在，当你没有企图的时候，你就拥有了它……天空下，你是一尊神，你拥有生命终极的自由。

生命涵盖了所有普通平凡的事情，没有什么事情更伟大，每个人都需要过平凡的生活，这是来自整体的共性，这会让人有根基落地地活着，而伟大是你带给每件普通平凡的事情美好的生命品质。

年轻跟年龄无关，看不见自己，你就老了，年轻是生命存在的品质。一个人可以永远年轻，用心看自己，看世界，你就不会老，即使八十岁，你还是年轻的。

生命中所有本质的东西都无法消失，它会以不同的形式呈现于这个世界，尊重这个世界所有本质的呈现，那是一份谦卑，对整个存在的谦卑，万物一体。

每个人的信念，在创造他的人生，在创造他生命的一切。

错过对自己生命的真诚和建设，是一生中最严重的失职。

真诚地相遇你的生命，那是真正的道德，将照亮你的一生。

无数心理专家的挫败和心理学的失败，都是因为停留在解决那些来自头脑的所谓心理问题上，那是没有尽头的，这些问题只是症状，不找到根源，治疗任何的症状都是白忙活，找到平衡之道，落地修炼，或许难，但一定有效……修行疗愈是终极疗愈。

黑暗是万物之母,当你有能力面对任何的黑暗,你就开始走向光明和重生。

自我是人生需要跨越的最大的一座山。

一个不了解自己的人,跑得越快,离生命会越远,自然会感到无力和挫败,停下来,倾听自己,了解自己内心核心的需求,并全力支持和服务自己内心的这个需求,将走向生命的花开。

在你还没有将你生命全部的美好呈现给这个世界前,请你不要离开这个世界,这是你对生命唯一的感恩和唯一的宗教。

地球每天都在运行,呈现她的美好……跟上地球的脚步,创造你的美好。

所有的圆满都是由曲线而形成……人生的每一份经历都是为圆满而准备。

仰望星空……你会更好更正确地看待事物,这就是文明。

脚踏实地……会让你幸福地活在这个美丽的星球上,这是人生。

当你在握紧拳头的时候，你也在丢失这个世界。

想歌唱的时候不要思考，想舞蹈的时候不要迟疑，就在那个片刻，是你最接近生命的时候，你离存在的中心最近的时候。

你会犯错，如果可以透过错误学习和成长，这就不是任何的错，而是一种生命全新的体验……犯全新的错，而不要重复旧有的错。

过自然的生活，你才能够了解自然；过自然的生活，你才能够了解自己，每个人都是自然的一部分。

爱与生命同在，并不需要学习如何爱，只需要敞开心扉，流动爱，体验爱……一个孩子在生命早年，如有体验过爱，他一生都不会忘记……爱不需要学习，只需要经验。

为生命载歌载舞，像孔雀一样绽放自己，像小鸟一样为日出而歌唱。

坚守你的心，你的生命将荣耀这个世界。

种子并不知道它的潜力，人也一样，如果我们愿意落地扎根，我们就有无限的潜能。

生命不是一个固定的开始和结束，生命是一条流动的河流……从已知流向未知。

一次一步，这是做任何事情都需要记住的规则。

如果我们的一生只是一场模仿秀，生命就失去了意义。无数人的人生只在表演着别人给他的角色或活在自己的面具里，自己永远都不在，累和挫败是注定的。

改变不能发生，是因为你看不到真正的事实。看到事实，就是超越。

喋喋不休地问问题，你的人生永远没有答案，你是你生命所有的答案……向内看。

呈现你的美好，不带有任何的动机，生命瞬间变得神圣。

同意和接受他人的命运，是尊重，由此而来的和谐会让事情走向建设。

整个自然的存在，没有分裂，只有和谐。如果我们是痛苦的，意味着我们远离了自然，处在与整体的分离状态中。

身体是整个生命的源头，让身体成为你的朋友，而不是你的敌人，整个世界对你来讲就是美好的。

我们能看到日出和日落，却无法看见我们身体内在的早晨和夜晚，我们完全不懂身体的语言和智慧，创造了人生很多的难题和不幸，尊重你的生命，从尊重你的身体开始，身体是我们连接世界的桥梁。

放下，看似无为，事实上是最有力量的作为，是一种真正的力量，需要极高的智慧和勇气。

一件事情的达成，是我们努力的结果，而努力有结果，源于天时地利人和的帮助。

同意，具有某种神奇的力量，同意你的难过，同意你的处境，同意你的挣扎，经由你的同意，你会从焦躁挣扎中平静下来，新的世界会向你敞开。

觉知，我们回到了当下；不自知，我们就活在了过去……我们在茫然中寻找回家的路，尊重所有茫然中的发生，这一切的过程和经验都将成就那个最终圆满的你。

一个心灵空虚的人，没有任何人可以用任何东西填满你的空虚，唯有自己成长，幸福和满足才能到来。

安静地觉知你所有的混乱、冲突和矛盾，觉知会带来某种超越，某种蜕变。

所有的问题和挑战，都是你扎根和强壮的机会，前提是你愿意面对和建设自己的生命。

爬山时，你会丢掉更多负重的东西，成长也一样，当我们到达某个高峰，需要放下更多的负载，携带着自己就足够了。

在这个星球上，对人类唯一的贡献，就是生命内在意识和灵魂的成长。

欲望无法去摧毁，只是不要给它太多的能量，它就会自动衰弱。把能量转向内在，你生命建设的行为就开始了，否则，你的人生永远无法赢，能量丢给欲望，你的生命只是握了一块石头，能量转向内在，瞬间，你会发现，手中的石头变成了钻石。

如果崇拜一个人，有一天，你会对他愤怒，因为人们崇拜一个人的时候，会要求他完美，要求他符合自己的标准，否则，我们会失望，会受伤，会对这个人愤怒。人们不需要崇拜，因为这不人性，没有一个人是完美的；我们需要的是彼此的尊重，允许彼此的独特，看到彼此的需求，尊重彼此的空间，珍惜彼此带给世界的美好，这会让彼此自由，也是对生命的尊重。

如果你只会抱怨，那么你是混乱和痛苦的。启动生命内在的和谐，这是唯一的庆典和祝福。

放下我们的执着和自以为是，意味着我们有更多选择的自由和去到每一个地方的可能性。

童年，青年，老年，是每个人内在的历史和地理，是每个人内在的生命，从内在了解和觉知自己的生命，是实质性的成长第一步。

以欺人开始，就会以自欺结束……真诚是生命的态度。

形式是有限的，存在是无限的……最终需要忘掉形式，进入存在，存在是永恒的生命。

生命不需要目的，因为生命有它本身的目的。

流动中的不动，改变中的永恒，所有的发生都是梦的流动，觉知所有的梦，活出生命的永恒……那是我们的本性，没有任何力量可以带走这个永恒的本性，为之付出任何代价都是值得的。

每天送出你的祝福，是生命的一种修行，让你的生命更神圣。

耐心，是生命中很重要的一件事，在万事开始的阶段，所有的努力似乎都没有令什么发生，人们很容易失望，事实上，那是一个种子酝酿的过程……在这个酝酿中已经发生了很多事情，只是我们不知道，因为只有结果才被看得到，所有生命能量的成长或进展都无法被看到……走在你的道路上，忘掉结果。

有音乐的地方是神圣的，让你的每一个气息都怀着爱，能够带给你生命内在的音乐。

孩子的整个生命就是音乐，那是随生命而来的，聆听是一份敬重，打断是一种伤害。

我试着将生命的某种能量倒进文字里，用少量的文字表达更多……对我来讲是一种历练。

我们一方面活在时间和空间里；另一方面活在自己和永恒的

生命里。在时间和空间里，最后的旅程以死亡为结束。而活在自己和永恒的生命里，生命的旅程刚刚开始。

在梦一般的世界里，头脑总是动荡不安。而内心的平静是生命珍贵的品质，没有什么值得让我们失去这份珍贵的平静。

生命的爱让我们跟万物连接，没有爱，任何的靠近，都是一种隔阂。透过爱，我们跟万物在一起。

种子希望发芽，河流向往大海，每一个人都渴望达成生命本性的圆满。

过去，是记忆之梦；未来，是空中楼阁。放下这两者，将打开生命全新之门。

种子对了，泥土也对了，你就不会等太久……重点是去启动那个成长的旅程。

如果我们每天只是匆忙地奔波在一条水平线上，没有热情，没有全然，没有成长，没有享受。生活只在一个平面里，没有任何深度，挫败、沮丧是自然的。

祝福是在一个高峰，生命的品质和成长是一个不断深入的过程，你能深入生命的最底层，你就能到达祝福的最高峰，这份深入带来的是全然的自由，透过每一件小事，将你生命的品质融入其中，扎根土壤，你就能拥有天空。

意志力是生命的强度，坚硬的石头给脆弱的种子让路，那是因为石头是死的，种子是活的，种子的意志力源于它的生命力……内在的生命力从来都不会被外在死的障碍所阻挡。

感激成长中所有的生命……深深地感激那些眼泪，那是生命对我的回音。

爱是生命的太阳，透过爱某个人，升起心中的太阳。

白天生命的状态，将成为夜晚梦中的网络。

有时，形式的结束，是无形的开始。

节奏，是每个人生命内在的一种特征，彼此的节奏越接近，就会越和谐和愉悦。被迫适应他人的节奏而改变自己，即痛苦。

所有的调整和改变都需要出自本人自愿所为，结果才会有建设性。

尊重自己，你会有自豪感，你会谦逊。否则，你会自大而走向极端，言行举止带给自己和他人的是破坏性的能量。

透过无数世的生命，一点一点地接近自己……最终获得新生。

以休息的状态来做任何的工作。

从来不放弃希望，是生命无价的信念。

永远不要把能量耗在冲突上，那是生命一种无谓的牺牲。

知道音乐的人，才知道生命，音乐是神的另一个名字。音乐是高挂天空的月亮，早晨升起的太阳，树上进出的花朵，当我们能真正看见这一切，并忘掉自己，向它们鞠躬，这一切就成了我们生命内在的音乐。

生命的浩瀚与深远，我们永远也无法了解，唯有敬重。

对于自己的人生和命运，每个人都渴望更圆满。我们常常会看到他人命运的美好，而难过自己人生的挣扎，到底哪一种人生更美，哪一个命运更好，没有人可以回答。如果我们可以对自己真心地说：我的人生确实美妙，经历了那么多……我需要对生命表达感激……有这样一种态度，将会带给你人生不一样的力量……承认并接受自己的人生和命运是力量的来源。

生命中，那些让我们愤怒的人常常是我们所爱的人，试图问自己：是什么让我的爱去到了相反的方向……明白觉知到，纠葛就消除。

生命是一首乐曲，身体是某种乐器，没有身体之乐器，生命之乐无法奏响……身体是开启万事的第一步。

生命中所有的痛，都蕴含着成长的机会，勇敢地面对和接纳你的痛，你的痛才不会成为你的苦难，而最终会成为你的美好和幸福。

无数人的天堂和乐园都在明天，为了明天的天堂和美好，而失去了今天的人生。没有今天生命的开启，明天所有的一切都只是一个梦，事实上，当明天来临的时候，还是以今天的方式来临，生命就在今天，我们跑得太快，把生命抛在了后面，生命就很难支持我们，无论我们是渐进，还是立即达成一个目标，请别忘了跟上生命的节拍。

年轻，不是外在的打扮和服饰，而是生命的能量状态，如果你是鲜活的，即使穿上姥姥的衣服，你也是年轻的。

我们的文明如果远离了自然，就不是一个进步，而是退步。生命需要在自然中成长，特别是我们的孩子。

错过你生命的快乐，错过你活出自己的机会和对自己的真诚，这是最大和最根本的背叛。对自己真诚是一种信仰。

时间是水平的，永恒是垂直的，活出生命的强度和深度，你就活在了永恒之中。

活着，无须参与到任何人任何事的对错之中，此生只需负责进化自己的生命。

你懂得在生命任何的状态下去平衡自己和某种局面，你就懂得了生命的奥秘。平衡两字，是整个存在的奥秘。

成长需要经验，唯有通过自己的修炼和经验，才有可能成为你的信仰。

生命成长，没有标准的金科玉律，每个人需要找到自己的方式去探索和成长，去创造自己的路径。成长的路没有高速公路，让你上路就可以狂奔，而需要一步一个脚印，最后抵达属于自己的海洋。

知识可以从外面学来，智慧必须由每个人内在去发现，这是每个人内心深处的存在，当你能触摸到内心深处的智慧，将会改变你人生每一样东西。

五千年已经过去，生命的进化没有尽头，人们从黑暗来到光明，从幻象明白真相，从死亡了解不朽。今天，我们需要以开放的心，以新的歌，新的舞，新的庆祝，活出生命的每一个片刻。

在这个世界里，唯一的乞丐是你失去了跟生命整体的连接，你觉得自己是局外人，你感受不到太阳的升起，月光下的河流里，每个片刻都有你的呼吸在一起脉动。成长，就是帮助自己跟树木、星星、河流一见如故，我们不是局外人，我们是宇宙的一部分，当你能感受这一切，你就能感受到老天一直在祝福你！

祝福，不是一个偶然的发生，祝福一直都在……而过于紧绷的努力和完全消极的等待，你都无法遇见祝福，努力强迫祝福的发生或消极等待宿命中的祝福，都会让人挫败和痛苦，唯有和谐的生命才能遇见祝福。

昨天的未知，变成了今天的已知，我们活在了已知和未知中。在已知和未知之间是不可知，不可知既不是哲学，也不是科学。
　　无论我们用哪种理论系统去解释它都是一种失败，生命终极的快乐源于不可知。

认识一个人……自己，你就认识了全世界。

成长，就是变得更有意识和觉知，当你更有意识和觉知的时候，意味着你人生的每一件事情都取决于你，你的上帝就是你自己。

越容易的事情，越难做到，
你只是坐着，什么也不做，
这么简单的一件事情，
却让无数人坐立难安。
我们很难跟自己在一起。

背影，藏着你的人生走过的岁月。

成长，就是为自己负起责任，为自己付出正确的努力，好让自己走出黑暗的山谷，如花绽放。

对人生所发生的一切去接纳这是一种力量
然而，
接纳有两种，
一种是头脑用道理说服自己去接纳，
这不是接纳，是压抑。
另一种是有能力不评判地看见，
这是真正的接纳，是觉知。

这份觉知，会让你穿越人生所有的风雨洗礼。


臣服跟服软是两个概念。

臣服是你了解生命是相互依存的，没有谁是孤岛，是你对他人生命的敬重，对世界万物的敬重，对自己生命的敬重。

服软是你在对立关系中，有人给了你台阶，你顺便下了台阶。

前者是自主性的，后者是被动的。

任何的成长，清晰是第一步，清晰之后才能做到，做不到能看到也很好。


心，是我们存在的最核心，如果我们说话、走路、呼吸，都能从心运作出来，那些多余的理论和观念就不需要了。

你拥有太阳，乌云在不在已无所谓了。


走向自己，这是一个量子式的跳跃，一旦决定，不再回头，勇往直前。


所有达不成的目标，这之间不是距离的问题，而是我们内心误解所致。


向内走，不会走错路，因为只有一条路，一条明明白白的路。

"地方"属于外在，"空间"属于内在。
空间跟物质无关，
当你外在无地方可发展的时候，
正是转向内在广阔无垠的空间的好时机。

信任，是一个人与自己的亲密，是活的信仰，是对生命的敬重，这一切需要透过生命内在的成长而发生，童年的成长尤为重要。

自由，源于你选择对自己的生命负责任，一个对自己负责任的人，没有什么可以控制你。

在浮华的岁月里，照顾好自己的心，是本分、是历练、是对生命最好的照顾。

一个人懂得在人生的旅途中，适当的时候转身，改变或蜕变，这是生命中伟大的片刻。

我是独特的个体，同时，我也是系统中的一员，我跟系统同频共振，呈现力量，创造美好。

自律，就是让靠近你的人舒服，同时，你自己也没有压抑和难过，你是放松和舒适的。

无论你是今天的骄子，还是明天的幸运儿，

请别忘了放慢你的脚步，跟上生命的节奏。

快节奏生活的今天，物质生活变得更丰富，而生命内在却变得更贫穷，无数的人处在混乱和忧虑中，生命失去了平衡，犹如单脚站立着，能站多久？

找回生命内在的平衡，一切才有可能。


在成长的路上，有时候好像前进了一步，又退后了两步，迷茫总是反复地出现，

这是一个自然的过程，这个过程本身就已经在开始转化和蜕变我们的生命。

我们需要花点时间，对自己多点耐心，春天一定会到来。


婴儿常常会吸引人们的眼球，被欣赏和赞美，是因为人类的孩子，在生命成长的十六个行为期中，婴儿的状态是最美的。

婴儿在咿咿呀呀的言语中，脱离了头脑与整体合一的状态，是最美的存在。今天，生命的成长的核心就是再一次让我们从头脑回到生命的中心，与整体的存在合一。


生命不只是身体，生命是一种围绕在你身体周围的能量，以及树，还有花朵，每样东西都有它自己的灵气，每当我们走进树林会觉得很舒服，因为有更多的灵气滋养着我们。

很久以前，玛尼夏发现灵气，当他与人们谈论灵气时，大家都说他疯了，今天，科学已经证明灵气的存在。

当一个人处在生病当中，在恐惧中，灵气能量是收缩的，相反，

一个人在爱中，在喜悦中，灵气能量是扩张的。

健康的身体是一切的基石，保持一种乐观的人生态度可以让我们处在健康中。

生命需要透过生活活出来，不只是从理论上去讨论，你可以以不同的方式来思考生命，如果你无法强烈地活出生命，一切的理论和思考都没有价值。

理论没有觉知地践行，理论只是理论，毫无意义，觉知没有身体力行地静心修行，那么觉知只是一句空话。

外在的宁静会被打破，内在的宁静永远在那里，那是真正的宁静。

向内走，体验生命内在的宁静，是此生最值得做的一件事情。

痛苦，是你对生命的失望或对死亡的恐惧，这一切源于我们不认识自己，不了解生命。

活着的每一天，活出生命的感恩和感动，这是根本。

感恩，我们来到了一个新时代，我们在一个更迭交替的时期，正在面对结尾时刻的发生，会有某些震荡，在任何的台风中，不要卷入其中，在自己生命的中心，保持自己的真实和真诚，把生命最美的舞献给这个世界。

所有的人都是我们生命的一部分,包括已故的祖先,如何连接和端视自己以外的其他人,决定我们是被正面地影响还是被负面地纠缠,一切的主动权都在自己,前提是我们对生命需要有正确的理解和态度。

生命的每一刻都是非凡的,尽情地活出你的生命,是唯一重要的事情。

尽可能地让你的爱没有任何的动机或目的,而是源于生命芬芳的自发性,由此,你将会收到同样品质的爱,
整个世界是一个回音室,你散播什么,就会收获什么。

天空照顾着星辰,是星辰臣服于天空;阳光哺育万物,是万物对阳光敞开。
我们要活出生命的灿烂,对生命需要有敬畏和臣服之心,生命是整体,是一切的源头。

生命,是超越逻辑的存在,了解你所有的理论和逻辑背后的虚假,才有可能看见你真实的存在,这个过程就是修行。
一旦了解虚假,真实就会浮现,并不需要反对或抛弃你的虚假,就像你从梦中醒来,梦就消失了,你并不需要抛弃那个梦。

这个世界,所有有生命的物种都承受着痛苦,人类也不例外,

生老病死，没有人可以回避，而人类的尊贵和自由是可以透过痛苦来成长生命，最后与灵魂会合。

教育，是将别人的天赋和潜能带出来，而不是用知识填充他人的生命。

以金子般的心，荣耀如歌般的生命。

活出你自己，这是宇宙对你的期盼。

以各种方式，去体验你不可思议的生命，这是报答生命的方式。

我们活在星空下，每个人都会被星球所影响，我们可以借助星球的力量，把生命的礼物带给这个世界。

照顾好你自己，生命就会把美好的发生带到你面前，你就只是拥抱成果就好了。

长期呆在舒适区，生命不会有精彩的发生。
所有的行星都在星空中移动，我们的生命也需要流动。

把生命的热忱和爱，带进你所做的每一件事情，丰收迟早会到来。

生命是整个宇宙光荣的存在，记住你自己，你才有可能爱上其他人，爱上这个世界。

今天，我们已经来到了一个去伪存真的时代。
在自己生命的中心，去见证一切的发生，见证岁月的洗礼，让我们真实地活在自己的力量里。

柔软、感恩、归零的心，是生命最强大的力量。

盲目的自我，是一个人跟生命之间最大的障碍，当我们愿意放下这个障碍的时候，生命就开始支持我们。

逻辑和理论在某个时刻是需要的，如果你整个的生命都活在理论和逻辑中，你会在苦闷中活一辈子，生命不是逻辑和理论的。

每一个人都是自然的一部分，我们远离自然的距离，就是我们远离生命的距离，今天的人类远离并破坏自然已经到了一个极致，再走一步，就是自毁。

动物带着它的本质来到这个世界，动物一出生，它的蓝图就已定，这个蓝图就是它的命运。

从蛋壳中出来的小鸟，没有人告诉它们要飞往哪里，它们一出生，父母已经走了，没有地图，三千里的路途，是那么遥远，一只刚出壳的小鸟，开始朝着北方飞翔，飞回它们的家，它们抵达了，这是一个奇迹，这个奇迹是一个内设的程序，这个奇迹会反复出现。

而人类是先存在，本质随后出现，动物的结果是固定的，人类带着开放的结果来到这个世界，不知道自己会成为什么样子，这是跟动物巨大的差别，动物不会问自己是谁，每一个人都在问："我是谁？"

存在给了人类全然的自由，人类的孩子没有内建固化的模式，人的成长可以持续到生命最后一口气息里，这是人类生命最大的荣耀和高贵。

寒冷的冬季，温暖的生命与日月群星共舞，向鲜花众生敬礼。

黑洞，宇宙的起源，万物之本质。

人生所遇到的黑暗正是生命蜕变之机会，善待人生所遇到的每一个谷底和艰难，那是生命珍贵的礼物。

正确的性教育，会让孩子拥有挺拔脊梁的人生，否则，孩子将失去生命的能量，一切的扭曲，都源于对生命根基能量的误解，敌对性能量，是一个自我毁灭的导向，这个世界每一样美好的创造：诗歌、音乐、绘画都源于这同一个能量。

对性能量的误解和错误的认知，最终让社会乱象丛生，反常变态，没有任何的创新和创造。

性能量不是别的，是创造性的力量，可以创造新的生命，可以创造千万种美好的一切，让我们的孩子有正确的认知，是对生命的敬重，是一份祝福。

孩子和老人是生命的两端，一个起点，一个终点，起点和终点如果没有被照顾好，那么中间的这段生命旅程一定是艰难的。

人类生命的珍贵，源于意识的光芒和生命的创造力，失去这两者，就失去了人类生命的尊严和尊贵感。

生命的每一天，不管做什么，带着意识，带着你的创造力去做每一件事，你就是鲜活而尊贵的。

任何的学习，需要智力和觉知去了解，用生命去感受，机械地用知识填充生命，是对生命的虐待。

舞蹈、欢笑与哭泣都可以给生命带来和谐与完整，岁月的每个片刻，我们都需要以这样的方式来流动自己的生命，好让我们可以深入生命最深处的核心。

失去灵魂的生命就是一台机器，一下掉进了二维的世界，面对三维世界的一切是艰难的，低维没有办法解决高维的事情。

照顾好你的身体，你就在照顾你的生命。身体，是你来到这个世界落地生根的所在，你对身体的爱，是你对生命的慈悲。

我们活在一个罕见的时代，可以确定根本性的改变即将到来，珍惜感恩每一个生命，感恩这个美丽的世界。

每一个创伤都孕育着巨大的能量，每一个创伤都是生命的转机，生命有很多的能量卡在了创伤里，创伤是一个巨大的能量库，一旦流动，生命将有无限的可能性。

修行、成长的终极意义是实现生命的真理，而我们很多时候都活在谎言之中。一个被迫的微笑，一句言不由衷的赞美，都是谎言，我们在自欺，也在欺人，也常常被人欺。

在谎言中无法改变，无法成长，成长的第一步就是真实、真诚地面对自己。

放松在你的生命里，放松不仅是身体，全然的放松是生命的一种蜕变。

每一个临在的当下，都是永恒，活出生命每个片刻的真诚，生命没有目的，没有结果，所有的旅程就是结果。

如果生命没有成长，那么每一天都是永恒的存在。

生命不是一个可以回答的问题，生命是一个奥秘，生命包含已知的、未知的和无法被知的领域。所以，我们需要对自己和他人谦卑，因为，我们所知的太少。

当生命进入高频的能量，问题会自动消失，一切的知识对你来说已不重要，重要的是你心的振频是和谐的，一切的发生都是好的。

宇宙是一个有机综合的生命体，宇宙中没有任何的东西是孤立而隔绝的，无论多远或多近的东西都是彼此关联的，没有分离，每一个单一的个体都在影响其他的个体，也同时被其他个体所影响。

生命是互相连接的，每片树叶都带着它的振频，在影响着这个世界。

你带给世界的影响是什么？

放下对生命的控制，是一切幸福的基石，你有幸福的能力，人生的每个阶段都是全盛期。

生活，是生命存在的形式，是生命的音符，物质、精神，有形、无形，汇成了生命的河流，

落地的生活就是溶入河流。

每一个人，
大哭一声，
来到世上，
离开的时候，
是哭是笑还是平静，
取决于人生走过的路，
取决于生命悟到的真。
那是生命真正的尊严，
也是生命真实的剧情。


没有什么人是渺小的，
没有什么人是伟大的，
就生命而言，
每个人都是平凡而神圣的，
在平凡中彰显非凡，
活出生命的神圣，
需要真诚、勇敢和爱，
去落地红尘中的生活。


每个人的生命，
都有各自的痛，
当你把悲伤留给自己，
那份痛会蜕变成你的尊严和高贵。

生命需要被体验，
而不是被分析。
分析只能去到物质的层面，
去到客体，
生命不是客体，
是主体本质的存在，
任何的分析，
对生命而言都是误解。
没有任何理论可以涵盖生命，
敬重生命是我们唯一的选择。

形式是有限的，
存在是无限的。
当我们认同执着于形式，
就会被形式制约，
不认同、不执着于形式，
就可以以任何的形式，
表达自己的生命。

生命不是一场战斗，
生命是一场庆祝。
有时需要为生命的意义去奋斗，
同时也需要在适当的时候，
懂得智慧地放手，
这是生命更强大的力量。

活好当下的每一天，
不念过往，
不惧未来，
当你真不恐惧未来，
未来就开始关心你。

如果你的生命，
只是一个模仿，
别人的思想；
别人的标准；
别人的模样；
别人的成功；
你就在活成别人。
这对生命而言，
是终极的挫败，
是昂贵的浪费，
了无生趣。
允许别人和你的不一样，
守护你和别人的不一样，
这是对老天的臣服和敬重。

幸福药方

The Secret of Happiness

成 长 篇

打开内心的千千结，烫平心灵的皱褶，就是我们常说的：万事顺心！顺心这件事，外人无法帮助你，自己可以自力更生。

把你的觉知放在每一个地方，带着觉知去生活。

允许别人接受你，也允许别人拒绝你，这是一份成熟，你有这份成熟，终极的祝福就向你打开了。

一个人无法从内在去帮助自己，外求，只会从一个失败走向另一个失败，进入你内在生命的圣地，那是生命的黄金所在地。

找回遗忘的自己就是成长，透过所有的梦幻看到真实的自己，如果我们不能了解自己，就会承受不必要的苦难，了解自己就是明白自己是永恒的生命代表之一，并非只是肉体，生命比肉身浩瀚得多。

当我们堵塞河流，河流会变得肮脏。如果我们害怕改变和成长，我们就是在阻塞自己，生命无法流动，是一切问题的开始。

无论你做什么，不管当下是努力的，还是臣服的，是渐进的，还是立即的，只要带着爱去进行，就是胜利。

不凡的人生，常常从苦难的磨砺中来，尊重自己和他人生命一切的发生，是一种成熟。

崭新的一天，从升起你心中的祝福开始，祝福可以让毒药变成美酒，地狱变成天堂，枷锁变成自由，你的心成为莲花的乐园。

万物生长靠太阳，太阳醒，我也醒，顺应天时，随遇而安，得天力，顺势而为，这是养生之重点。逆天者，就是跟天进行拔河比赛。

海洋有此岸和彼岸，你可以从此岸跳进海里，也可以从彼岸跳进海里，区别是从彼岸跳，需要借船出海。那个跳是一样的，海是一样的，人也是一样的，远方看起来会更美，更有吸引力，因为远方总在雾里。事实上，无数的人到了彼岸，又想回到此岸，总在两岸之间来回折腾，始终也没有跳进海里，这是难题所在。如果我们享受航海的旅程，享受人生，那是一份美好，而无数的人并不享受过程和人生，只是某种挣扎和折腾。

一个人习惯性的破坏行为，其背后有一个强大的驱动力，也可称之为命运。想要改变命运，重建生命内在的秩序是改变的第一步。

混乱，源自一个人在童年的时候内心有很多的需求没有得到满足。长大后，这些未被满足的需求彼此之间形成了冲突而打乱了内心的和平，在这样失衡的生命状态下，所有的行为带来的基本都是破坏力，重建内在的生命秩序，是一切疗愈和美好的开始。

创造型的人才，具有建设性的能量和改变自己的勇气。

假装看不见，是逃避责任的一种方式。

不要认同自己或他人的受害，受害者一旦被认同，会反复受害，正确的做法是让他看到自己的受害，就可以终止受害的模式。

心宽就有路，心安便是家。

修行的意义，就是让好的、坏的执念消失，世界大同，没有天堂和地狱，只有天空和大地。

在你的生命中，只要你还有痛，就说明你还没有足够的谦卑和感恩。

感恩，是推动生命向前的源动力。

讨好的背后是攻击，有这种模式的人，往往在讨好一个人的时候，同时又在无意识地攻击另一个人，人生总在混乱和破坏中消耗和轮回。

周而复始的日子，在岁月的风尘中走过千山万水，安妥地放下走过的岁月，没有辜负，没有执念，只有用心地守护，告别并致敬曾经走过的岁月，心存感恩，感恩生命中所有的发生，感恩守护我生命的每一份温暖的能量，那些美好与感动，留在了我生命的最深处，此刻，我不言不语，怀揣着祝福继续向前走，走向春暖花开。

走过岁月知深浅，历经风雨不世故，见过圆滑存天真，让人舒服如美玉，善良身后是芬芳。

守口养气，修身养性，宁静养神，健康是利，平实知足是幸福。

幸福，源于你的知足和感恩，感恩的重要元素是爱、谦卑和敬重，如果你懂得心怀感恩，一切的发生，都将成为你精彩的人生。

通俗地活在尘世中而不世故，是一种修行，不世故，就是不迷失自己。

知天命，不是你什么都不干了，而是懂得敬畏和珍惜生命，活出自己的天赋，不辜负自己的天赋，是对老天的敬重。

尊重你所有的感受，就是修行。

人活着，发自己的光，走自己的路，不去吹灭别人的灯，顺便让自己照亮某个黑夜的路。

今天的现代人，是地球人类历史上最焦虑的人，想要真正地安静下来，保持一份宁静，不是一件容易的事情。没有手机，没有闲聊，浑身难受到疯狂，人们需要自己帮助自己，找到适合现代人正确的方式和方法去释放那些疯狂的能量，从而，去建设自己的生命。

修行，就是有能力失去自己的界限，最后，让自己消失在海洋里。
你的浩瀚足以让你包容所有的矛盾，矛盾在那里相遇，矛盾在那里消失。

成长，就是从外在的某个地方，移向生命内在的空间，去探索自己。

当你觉得外面的世界很艰难，无路可走的时候，这是一个机会，移向内在的空间，在这个空间里，你可以创造任何的道路。

时常问问自己，
我的心停在哪里？
过去、现在还是未来。

历经红尘，走过岁月，每个人的生命都堆集了无数的垃圾，这些垃圾挡在了我们跟自己的本性之间，我们毕生的精力都花在了给自己搬回无数的垃圾上面。

成长，不是做加法，是做减法，扫除你的垃圾，呈现自己的本性，这是最终的圆满，无论你的信仰是什么，每个人都需要从红尘中的每一件小事开始运作和净化自己。

跳跃之前，需要找到立足点，无论我们进入未知的领域，还是走出困境，前提都是需要从外在找到一个立足点，内在需要忠于自己的心，做自己心的主人，当心无杂念的时候，祝福就开始到来。

每天，花点时间照顾自己，静坐放松，不求一事，内心充满对自己的关照和包容，感受自己的绝对存在感。

带着你所有的热情和能量，如实地生活，全然地爱，这是我们的全部。

我们之所以常常远离了初心，是因为失去了与自己的连接。

看着你的人生，不带任何的评判和指责，只有觉知，当你放下那些评判，你就开始成长，看见即清晰，清晰会照亮你的人生。

烟雨风云……走不过去就是风雨……走得过去就是风景。

一个人只有在放松的时候，才能够了解自己，当你能了解自己，你会变得安静、优雅而富有某种艺术性，这些品质将带到你生命的每个领域，以及你所做的每一件小事上。

成长，就是一点一点地去感知自己的完整。

修炼成长中的每一步都是一个祝福，即使表面看上去不那么美好地呈现，那也是一个祝福，最终都是礼物。

生病，是某种慈悲，邀请你从失衡再一次回到平衡……谦卑地看待所有事情的发生。

走过人生所有的暗夜成长自己；透过生命的各种关系看到自己，最终活出喜悦和美好。

一个能看见给予自己祝福的人，会带给自己更多的好运和恩典。

自由，不来自外在……提升你的觉知，就是提升你生命的自由度和你生命的维空，你的喜悦、你的眼界、你的富足，以及你整个人生的价值观都将随之而提升。

归零的心，是出发最好的准备。

不忘初心……坚持可贵的，即美好。

想要任何人对自己的确认或认可，都隐藏着你对自己的不接纳，你真的成长了，你的内心会有一份确认和坚定。

成长，就是用心体验自己生命的旅程，每一步，都离生命的核心本质更近。

修行，就是让你眼睛前面的那个帘子消失，你有能力真正看见这个世界，而不是看见你的投射。

美好地活在今天，不用担心明天，生命永远在今天这个当下，全力以赴地活出来。

生命不在过去，未来，只在现在，活出今天的你，是对自己

的解放。

享受你所做的每一件事情,而不去执着于那个结果,如果你的能量和焦点都放在了那个结果上,那么,你所有的作为都会成为一个手段,你在跟自己较劲和做交易,失去的是生命的美感和喜悦。

生命无法停下进化的脚步,我们不选择更高意识的旅程,无疑就会退回到无意识的轮回之中,走向我们内在的潜力,走向我们内在的光芒,是生命本身的渴望和终极的了悟。

我们每天都在不断地再生,如果我们仍然带着旧有的过去活在现在,那么带给我们的只会是麻烦和混乱,改变,流动,带着崭新的自己融入新的一切,与生命和谐一致往前行,这是我们回报生命的唯一方式。

每一个清晨的醒来,都是重生,感恩我们睁眼看到的这个世界,美好地行走在这个星球上。

无论命运把你放在什么地方,只要你忠于自己,就能活出精彩。

如果你是大树,那么每个走过你树荫下的人,都会被你照顾到。

经历风雨，让生命宁静致远，走过坎坷，让脚步踏实自在，新的一天，让自己迈开脚步，从容前行。

知识分子最大的困难就是无法了解逻辑以外的洞见，生命需要深入强烈的生活，而不只是讨论。

祝福，
少年有理想，
壮年有担当，
老年有依归。

你的起心动念不对，不会有任何对的结果。
不要为错误的原因做任何事情。
我们为错误的原因做任何事情，都是把生命的力量变成了苦难，这样太浪费。

每个人都需要去过自己的生活，去面对人生一切的发生，没有任何人可以承担他人的生命之重。
不介入他人的生活，也有能力面对自己的人生，这是一份修为。

人生没有"如果"。
你的"如果"越多，你的生命品质会越低，你会越无力。每一秒都是直播，全力以赴地去活，活出各种不同的美丽和真实，就

是无憾的人生。

成长，
就是对自己好一点，
不抱怨他人，
不攻击自己，
走过岁月，不辜负岁月。


走过的路，
就是必经之路，
必经之路就是成长之路，
成长是对生命唯一的荣耀。


岁月流转，每个人都在成长，有正确的成长，也有错误的成长，错误的成长不需要努力，就像满园的杂草，不需要照顾，偶尔的一点雨水，就快速地生长，杂草不需要园丁。而牡丹花和玫瑰花需要园丁的照顾，每个人都是美好花朵的种子，我们需要成为自己的园丁，好好照顾自己，你的生命如花绽放，杂草丛生就基本不可能了。

没有成长，生命就没有色彩，
成长，意味着种子成了树，成了花；不成长，只是一粒死的种子，跟一块石头没有差别。
这样，我们就浪费了一粒种子的美和它蕴藏的潜力。

向内走，
不管发生什么，
深深地向内看，
那里有一个核心，
是你生命的放射中心，
是你与存在的连接点。


生活，就是禅。
没有苦行，只有单纯，
没有否定，只有感恩，
没有弃世，只有接纳，
以最简单的方式，
进入生命的内在，
探索生命的潜能，
开启生命的春天。
此时此地就是禅。


跟童年告别，不活在巨婴的世界里，关键性的一步是需要我们去修复生命早年跟父母联结的中断……这是原始的创伤。

让你经历过的每件小事，都成为你发光的行动，需要你身体、心理、灵魂的和谐一致，而呈现生命深度的韵律……这样，你所做的每件事，吃饭、穿衣、走路、扫地……都成了你红尘中的静心和修炼。

人类的生命是经过千年的演化而走到今天，对任何人的评判都需要谦卑和谨慎……我们对一朵花都无法全然地了解，何况对一个人。

无数人的麻烦所在，就是不愿接受自己，想成为别人。

我们对所有人的尊重，以及对大自然的敬畏，都是因为我们拥有自己生命的尊严，这是生命内在自然呈现的自律。

生理的需要被满足，心理的需求即刻升起，心理的需求被满足，灵魂的需求就升起……这是生命需求的层级。修行是每个生命最终的需要，不管走哪条路，静心观照尤为重要。

唱着自己的歌，跳着自己的舞，你的美好才会有根基。

再微弱的光，也大过黑暗的力量……记得每个人都是自己的光，也是这个世界的光。

你活在无意识中，就无法对自己的人生负起责任，在无意识中，一个人完全不知道自己做了什么。

我们很容易执着，渴望我们想要的保持着不变，而生命是不断变化的流，由此，带给我们很多的挫败和受伤，把尊重带进我们的人生，尊重每一个片刻的发生，虽然不容易，但你一旦去尝试，生命某个向度的门就打开了。

尊重和照顾自己，意味着拥有心灵空间的自由，内心深处有爱的流动，允许自己的独特性，常常心怀感恩，有放松自己的时间和方式，而享受其中随时静心，信任自己的敏锐，呈现你的创意是你带给这个世界的美好，世界的丰盛自然流经你。

尊重自己，就是别人赞不赞美我，我都赞美自己的生命。尊重你的孩子，成年后的孩子就不会带着伤口到处寻求赞美，这将给孩子的生命带来自由和美好。

岁月长河，四季交替，气象更新，每个片刻生命都是崭新的……成熟和成长就在每个片刻之中。

个性，几乎都是面具。个体是独一无二的存在，这是完全不同的两回事。我们常常在面具的自欺中迷失了自己个体独一无二的珍贵，成长，就是卸下面具，找回属于自己的珍贵。

如果你为名誉而活，那么你会失去生活，只剩下某种名称，这跟西红柿、马铃薯、香蕉……任何一样东西的名称没有什么区别，活着，需要以普通人的方式真诚地生活，这样，才算活过。

所有的正向都藏在负向的背后，面对负向去穿越，人生即刻蜕变。

我们赤手空拳地来，有一天，也会赤手空拳地离开，没有什么是我们不可以失去的。每个人在这个世界都拥有自己的时间，你可以用你的时间唱歌，也可以用你的时间哭泣……总之，你需要对自己真诚，每一分钟都如此的珍贵。

人类是地球进化最高最精微的存在部分，每个人的身体、头脑、心灵都是地球本身的存在，我们的眼睛就是地球的眼睛，地球透过每一个人在找寻他自己的意义，人身小宇宙，宇宙大人身，透过我们的爱和智慧去服务地球，我们就在服务自己。

从外面知道自己，你会感叹自己的渺小无助，从内在看到自己，你会了解自己的辽阔无垠。

人们收集古董，越古老越好，透过与古老传说的相遇，来满足自己最终的追寻，今天，我们是如此之现代，所有的能量都放错了地方，那个对生命内在的探索和寻求从未开始，因为所有的努力都放在了外面的世界，这样的方式，让我们从一个挫败到另一个挫败，真正的财宝是每个生命内在的本性，即使失去一切，你不失去自己，你依然是富足的。

和谐，是一个人在对的时间，在对的位置，发出对的声音，付出对的行动，这一切，都是对存在的感激。

感受自己，就是在照顾自己；表达感受，就是在唤醒自己；表达感受，是正确表达生命的方式，这个方式可以避免抱怨他人或自己，同时，可以释放冻结的能量。这是建设生命的路径。

我们被教导符合逻辑，却没有被教导成为爱；我们被教导学习数理，却没有欣赏音乐和享受诗歌的能力，逻辑摧毁了爱，算计占据了我们灵魂的家园，让我们失去了音乐和诗意，失去了幸福的能力。

长久以来，未来的不确定，或许一直让你在错过，事实上，你从没有真正错过，所有要找寻的一切都隐藏在你的生命里，只是等待你的转向，走向生命的内在，太阳会再度升起。

无论是痛苦，还是快乐，都是你生下的孩子，是否浇灌养大这些孩子，是你的权利和选择。在痛苦中，如果你有一份觉知，你就切断了痛苦的源头，痛苦就将成为你生命的历练和恩典。

无论我们是以宇宙飞船的速度，还是如牛车辛苦般地前行，我们都压着白天与黑夜的轨道在前进，我们的立足点是生命每个当下的品质，而不是那个速度，没有生命的品质，宇宙飞船的速度也是没有意义的。

停留在你的性格里,你的人生只是一池不流动的水,错失的是生命的河流。

透过每件平凡的事情扩展我们自己,完整地呈现我们的生命。

每个人都需要学会面对生命的各种可能,不是要固定在一个模式里。面对温暖,可以很温馨;面对艰难,可以很坚强。有能力回应人生任何情况的发生,便是一个活生生的人。

享受孤独,成为自己的知己……一茶,一书,一知己……人生足矣!

你的平凡就是你的风光,坚守落地的行走和修行,在每一件小事中,生命一定不会辜负你。

无论借助哪一种的力量,都需要用自己的脚行走,保持生命的动态,流动,自然,成长。

如果你的痛让你更智慧,这份痛就是值得的,如果你的痛让你更悲惨,你就浪费了这份痛,错失了走向成熟的机会。

在痛苦的时候，你能把智慧的光带进你的生命，悲惨已离你远去。

知识来自传统的累积，智慧源自当下生命的鲜活，第一缕阳光，清晨的露珠，绽放的花朵，一切都是全新生命力的呈现。

这个世界是每一个人的世界，你跟这个世界是一见如故，还是觉得自己是一个局外人，是一个错误的到来，取决于你是否看见了自己的生命，看见了自己是这个世界美丽的存在。

为你的成长付出一切，你将永远不会后悔，不给自己错过或等待的机会……成长，生命中的每一件事情将变得更有意义。

活着的整个目的唯有成长，否则，有一天你会难过，因为你的生命不叫生命，成长，是你对自己的祝福。

为自己的人生负责是使命，为他人的人生负责叫包袱，卸掉包袱是对自己和他人的尊重，没有任何人可以承担他人的生命之重。

新的系统优于旧的系统，这是生命传承的法则，旧的系统是在更旧的系统上的建立的，每一个系统都有一个生命周期，旧的解体,新的建立,整个动力是孕育和支持新的系统的,周而复始,生生不息……而每个旧的系统都需要被新系统看见和尊重,新的系统才会更健康与和谐。

幸福药方 The Secret of Happiness

智 慧 篇

成长伴随着冒险，从过去的黑暗中解放出来，靠自己的光亮走下去，这是一个持续的探险，需要巨大的勇气，一旦迈出这一步，迟早你会为自己庆祝。

自然，就是一棵树站在大地上，向天空敞开，对月亮微笑，跟风雨起舞，没有防御，完全信任地感受着风，感受着雨，感受着阳光和雨露。唯有敞开，生命才能创造出内在的空间，祝福的门就会被打开。

春天的脚步已经来临，祝福所有的亲人和朋友吉祥如意！幸福美好！

春天，让所有的心结都开成春天最美的心花，心不郁结，日日吉祥。

清明节，对祖先祭奠和感恩的同时，也是清扫我们心灵尘埃的时机。在心灵深处，我们跟生命的源头更亲近，带着我们的爱和感恩告慰每一位祖先……今天，活着的每一个人生命的一切美好，都是对祖先最好的告慰，感恩每一位祖先曾经所有的付出！

规范，意味着尊重彼此或系统的界限，不守规范，肆意越界，给系统或关系带来的是风险。

每个人都在旅途中，放下肩上的担子，旅途会更轻松。


故乡，意味着母亲：故乡是我们命运的一部分。在故乡，每个人都得到了生命不可或缺的一切……最初的语言来自故乡，最初引领生命成长的文化源于故乡……如今，无数人离开了故乡，地球成了共同的家，今天，为任何生命的服务都是对故乡的感恩和敬重。


世界上有无数种语言，人们活在不同的语言里，有多少种语言，就有多少种思维模式，离开自己的语言，我们才能回到共同的语言里，那就是存在和生命里。


无知者掌握越多的知识，破坏性越大；原子弹对人类的威胁就是其一。觉知者掌握更多的知识，会让知识和科学服务人类。


我们通常看事物的方式是水平的……两边看，无法上下看，垂直看，因此，比较、焦虑无法避免，高度、深度和品质自然就不在。


倾听，生命最美的片刻。


祝福，意味着尊重他人的命运；祝福，意味着允许他人犯错；祝福，意味着允许他人做自己；祝福，意味着承认每个人的存在；

祝福，意味着感恩每个人的付出；祝福，意味着友善地放手；祝福，意味着尊重他人的选择；祝福，意味着真诚和爱带来的一切。

机场是群众进进出出的地方，庙宇则是有缘的人出入的地方，你不需要一直待在机场里……每个人走进世界，在创造外在的关系，这时，我们需要对关系中的人敞开……然而，所有深切和亲密的关系则是属于内在的，隐秘的……倘若一个人完全公开化，行为会变得可笑而愚蠢。走进内在，让我们出去的时候可以更富足地分享，内在是源头，一切都是由内在发展到外界，如果我们失去内在的庙宇，我们走出去的时候只会去乞讨。你有能力走进内在，有一天，你走出去，就是一个国王……你不需要完全公开你的庙宇。

一个发光的灯泡，第一次照亮了黑暗的夜晚，是一位科学家花了三十年的时间，让电能被我们使用，一开始有三百个人跟随这位科学家一起工作，研究电的起源，最后，这三百个人都走了，这位科学家告诉还在跟随他的人说：发生的错误越多，正确的方法就越接近我们，任何的坚持，过程需要愉快，成功就是自然。

今天，我们不需要花三十年去辛苦地研究电，我们只需要轻松正确地使用电。

同样，对于今天生命内在的成长，我们也可以欢乐地进行，愉快地觉知，并不一定需要苦行，在每一个片刻去放松自己，就是修行。

错误的开始，最后只是一无所获；正确的开始，第一步，就是旅程的全部。

科学可以翻译，哲学无法解释。每个人的生命内在都有自己的一套哲学，改变你的语言，就改变了你内在的哲学。

每一个黎明，都从黑暗中走来。

以感恩的心，迎接每一天，人生就赢了！

在祝福中成长，是对生命虔诚的信仰。

如果你的生命是对自己的祝福，那么你也在祝福这个世界！

觉知的副产品是祝福，无觉知的副产品是痛苦，我们欲求祝福却依然活在痛苦中，是因为我们活在无意识中，唯有唤醒自己，成为觉知的生命，祝福才会跟随而来。

我们可以在存在的周边创造天堂，也可以制造地狱，决定你的人生是在不断收获花朵，还是收集荆棘。

一旦宗教变成了宗派，就变成了一个盲目的遵循，既没有智慧，也没有爱，只有某种惯例。

早晨的微风，迎来第一缕阳光，盛开的花朵，让我们感觉每一个呼吸都是一个庆祝！

过于强调自己文化的重要性和正确性，可以确定这个文化长不了，落单的生命只会枯萎，大美无言，大爱无疆，真理总在沉默中。

当你认识到了自己的不清晰，这个当下你就是清晰的。

如果你忽然发现了一个便宜，并占为己有，那么，接下来，等着你的会是一个陷阱……警觉你遇到的每一个便宜。

发生任何事情，不要轻易采取行动，保持觉知……定能生慧，觉知会破解一切的迷茫。

能量，分为物理能量和精神能量。科学家探索物理能量，修行人关心精神能量。无论物理能量还是精神能量，我们有能力使用能量就走向创造，反之，将而被能量操控，而走向毁灭。

信任存在，一切都不是问题。

餐桌文化是修行之道，不管吃什么，让每日的进食成为节日的盛宴，这是巨大的丰盛。

月亮对人类的影响一直都在，不管你是否意识到，月亮影响着我们的平衡与和谐，关乎着我们生命内在的情怀，美与爱……在这个月圆的夜晚，祝福所有的生命吉祥喜乐，和谐圆满！

视力，是神圣的，透过眼睛，我们看见这个世界神圣的祝福……花朵、阳光、山川、河流。

去到世界各地旅行，遇见各种的美，却未曾遇过相同的美，这就是大自然的神奇……生命力的创造是不重复的。

无论你是谁，每个人都拥有平静的心灵，当混乱的时候，花几分钟连接自己的呼吸，连接生命内在深层的平静，我们就能睿智地引导自己，而不去对当下发生的做习惯性的反应……而觉知带给我们的智慧就能打破毁灭性的循环。

相信是一份理智，信任是一种亲近，两者有根本的区别。亲近无法强迫，理智可以训练。

阳光一直等待在窗户的外面，窗户不打开，阳光又能怎样。阳光会回去，明天来不来不确定，但当你打开窗，随时准备好，有一天，阳光一定会照进来。

成为你自己，瞬间你就独一无二。

制约，就是你在表演不属于你的东西，而不断制造内在的分裂和内在的抗争。

清晰，就是你知道自己要去哪里；混乱，就是左一步，右一步，总在原地踏步。

每个人都是独一无二的人才，需要经过一段锤炼之路成为有用之才，做你能做的，用心去体验，就是锤炼。

如果你充满了声音，你就听不到声音；如果你是无声的，你就能听到宁静……透过宁静感受自己的存在。

我们可以为达成目标而努力，但没必要让那个还未达成的目标来折磨现在的自己。你现在不幸福，你未来也很难幸福。

一个人无法改变，是因为既没有方向，又没有动力……解决之道是从内在成长自己，清晰自己，由此，方向和动力会自然呈现。

祝福，看不见，摸不着，每个人都渴望。与生命同在，活在生命里，就是祝福……一个被祝福的人，才能分享那个祝福。

收到祝福，不是因为你的努力，而是因为你的敞开，太阳照到你的房间，不是因为你的努力，只是因为你把门窗打开了。祝福永远都在，只需要我们打开那扇门窗。

所有的风波都是你美丽的衣裳，所有的风雨都是你人生的风景。

细水长流，静水深流，平淡是真，坚守不变的初心向前走。

放下所有的虚伪，就是高贵，足够坦诚有一种神圣的力量。

活着的重点，就是记得时时刻刻去更新自己，活出每个片刻的心满意足，担心就消失。不断地担心，源自你没有好好活着。

宁静，无法透过语言告诉你，如果你问谁是宁静的，唯一能说的，就是这个片刻你是不宁静的。

我们住在这个宇宙里，仰望着星空，被遥远的星球所触动，我们的生命跟这些星球的渊源与连接，头脑无法理解，灵魂了解。

祈祷，不是仪式，不是规矩，是心灵的洗礼，是一个人与世界，与整个存在灵魂深处的一个心灵的交流。

灯在我们的后面，我们只能活在自己的影子里，我们习惯向外看，定格在自己的麻痹里，转过身面对那个光，走向你的内在，你就走向了祝福。

祈祷，没有内心的虔诚，只是表面的一个机械动作，唯有生命内在的中心才能带来根本性的改变。

每个人的头顶都有一片天。

千万年来，人们一直吟唱着月亮的美，那是因为有距离。每件事情，每个人，保持一段距离都是美的，一旦接近某个点，那个美的概念就改变了，这也是热恋中的人那份爱很快消失的原因。

人们彼此并没有那么了解，因为我们都不曾了解自己，了解别人也很困难。

文化需要发扬光大，前提是需要有传承的积淀。

我们常常向错误的理由屈服，这样，所有的努力最后只会挫败，所有美好的结果，都需要精神层面正确的准备，身体和其他的努力才有可能出成果。

苦难，是生命的一部分，当我们抱怨苦难的时候，我们的心会更挣扎、更无助。

面对、尊重曾经所有的苦难，会让我们的生命更完整，让我们的心灵有更大的自由度。

如果你是对的，你还允许对方看起来根本错误的表达，这是一种力量。

在一个正确的场域，正向的能量汹涌澎湃，你只需要扬帆，就可以开始向前的旅程，借助风的力量，打开你的船帆，顺流而行。

科学家说：巨大的宇宙有四十亿颗恒星，无法想象我们的太阳以及整个太阳系的运行在宇宙的哪个中心点。

如果我们能够放松在宇宙力量的运行中且不慌不忙地活着，单纯地与宇宙和谐在一起，是多大的修为和幸福。

找到自己的根，升起心中的爱，付出任何的努力都是值得的。

身体，是我们此生的客栈，记得客栈里的那个人很重要，不去认同任何的角色身份，越干净、越单纯，离根越近。

人生中，我们常常无法达成一个目标，不是距离的困难，而是误解的困扰，是自己对自己的误解。

人们会保护钻石，扔掉石头，抱怨的人扔出来的不可能是钻石，人们以为透过抱怨可以减轻痛苦和压力，真相却是，越抱怨越痛苦，因为你在抱怨的时候，你把更多的能量和养分放在了你的痛苦中。

战略——做正确的事；战术——正确地做事；执行——把事做落地。

放下一切消耗你的人和事，扬帆起航。

狂热地执着于自我的对错之中，挣扎就与你形影不离。

基于爱去生活，而不是基于某个道理或对错。

任何时候，让自己跟任何人平等，这叫谦卑和敬重。

万物流转，唯爱恒久，不变的星辰，活出你美丽的北极星。

你不会写诗，不是问题，当你真诚美丽的时候，你本身就是诗，所到之处，都带着诗的韵律祝福着自己和这个世界。

最好的风水，是我们的方寸之心，方寸之心是一切福德和高贵的来源。

如果我们能够和内在的心保持联系，生命会明亮而喜悦。

感恩的心，让我们所到之处都是吉祥的。

妥协，有两种情况，一种是无奈下的妥协，一种是慈悲中的妥协，前者是被逼无奈，后者是善巧通达。

修行，意味着你有存在的能力，你静静地坐着是享受的，你有学习的能力，敞开心扉和接纳让你跟世界同在。

你的真实，如果没有尊重，就是一种野蛮和无礼，童言无忌，然而，成年的自己，已不是一个儿童。

流言，就是在流动的水上写下的那些废话，你不用太在意。

当我们活出美好的时候，无论走到哪里，顺便就把美好带到了哪里。

如果你的内在有一个正确的中心，你去到任何地方，都将是你的庙宇。

看向美好，透过你，生命被肯定，你就吸引了所有的美好，你会变得新鲜、年轻和美丽。

迷路时，抬头望向北斗星，你就有了方向，每个人心中的智慧就是那颗北斗星。

在关系中，敞开而流动，不用承诺和协议，无论承诺还是协议都是死的，对爱来讲，是一种伤害和丑陋。

强烈地、真诚努力地活着，这样的人最接近成功。

播下种子，就要耐心等待。一生到处挖洞，不如完成一口井。

整个宇宙中，数不清的星星都是死寂的，没有生命，只有地球这个美丽的星球充满着生机……花开、流水、鱼儿、小鸟、人类和人类的智慧在这里绽放，如果我们能真正明白这一切，每个人都会感觉自己就是一个奇迹。

美好，是每个人的向往，如果你还感受不到美好，你需要了解是什么阻止了你不让自己美好，否则，你将越努力越挫败。

任何事情，当你能力欠缺的时候，正确的态度可以弥补能力的不足。

如果你反复掉进同一条沟里，重复做着同一件蠢事，如机器一样活着，如此伤害自己，你需要警觉，去找回自己的力量，从沟里走出来，从陷阱和束缚中解放出来，让自己由机器成为人，这是老天的祝福开始眷顾你的时候。

做人有品性，做事先明理，这是我们根植于生命的力量。

当你是真实的自己的时候，你就是美丽的世界。

放下评判，祝福嫣然升起。

做出任何选择和决定，在你流动、敞开正向心情的时候做出，就会是对的。

自己的责任推卸给别人，再把别人的责任放到自己肩上，这是自寻烦恼，恶性循环，没有界线，就会彼此伤害。

盲人领着盲人走，是危险的，帮助任何人前，先帮助自己，你才能给别人带来光明。

所有的技巧、方法及法门都是一座桥，一只船，不是终极目标，过了桥，下了船，别忘了心怀感激，说声谢谢！然后，迈步向前，执着于桥和船，都会把能量消耗在不属于你生命本身的事情上，任何时候，请记住你的终极目标，感恩并放下你旅途所遇见的一切。

臣服，不是屈服，臣服自然，臣服父母，表示在那个当下，你对所臣服的一切，呈现你全然的爱。臣服自然，让你跟自然连接，让你拥有来自整体的力量；臣服父母，让你拥有来自根的力量和爱，爱是唯一的真知灼见，让你拥有明亮的双眼清晰地看见这个世界。

我们内在世界的空间，
是我们的源头，
在那里，
每个人都是被祝福的，
那里有我们觉知的本性，
没有人可以偷走，
只是我们忘记了这份祝福。

每个人都是被祝福的，感受到这份祝福，需要与自己生命的内在连接。生命的内在是祝福的所在地，祝福不在外面，在每个人的生命里，我们之所以感受不到，是因为我们完全活在匆忙、混乱的外在世界，外面世界的所有野心完全占据了我们的生命，让我们失去了与生命最根部的连接。每个人都需要活在外面的世界，在这个红尘中生活，我们并不需要执着地去出家而远离红尘，但我们可以生活在市井里，而不执着于市井。任何时候跟自己的内在有一份连接，别丢掉了自己，去享受外面世界的每一件事情，同时，也拥有内在世界的平静、喜悦与祥和，这就是祝福。

一切的紧张源于我们想成为某某，如果我们能谦卑地看到自己，感恩地接纳自己，你会发现：放松，淡定，从容，美好，是你原有的品质。

如果我们是混乱的，我们所做的一切带来的只会是伤害，即使你是慈悲的，结果带来的是毒素。

你是恐惧的，即使是一阵微风，也会让你感觉不安全，不安全感带给你的是防卫，这个防卫让你无法爱，无法信任，无法友善。

慢慢地行走，耐心地修炼，让生命悄然绽放。

为小问题发泄你的愤怒，只会制造更大的问题。如果你可以照顾你的愤怒,单独表达去释放,这叫静心,结果是你成长了,赢回了自己的力量。

除掉杂草的最好方法,就是种上庄稼。

中国文字凝聚民族之血脉:忍养福,善养德,喜养颜,慈养心,爱养行,诚养性,勤生财,宽聚气。

你知道,而自以为不知道,是贵;你不知道,而自以为知道,是缺。

谋事在人,成事在天。过程重要,结果看淡。

石头未必是障碍,梯子也不一定是协助,最大的障碍是一个人的思考力,看问题的方式,面对生命的态度,你有足够而聪慧的思考力,石头就是梯子。

道德的重点不在戒律,重点在于你的内心是否有爱,有幸福和宁静,如果有,你就会把这些顺便带给其他人,这就是真正的道德。

欲求任何的东西都会让我们难过,所有的欲求都将带来痛苦。放下欲求,享受当下的自己,一定有些难,却是值得探索的一条路。

纯朴，是文明后的简单；愚昧，是封闭下的野蛮。

对他人的欣赏和肯定，源于一个人本身的底蕴和力量，一个恐惧无力的人很难肯定他人，也无法信任自己。

帝王穿着乞丐的衣服，他还是帝王；乞丐穿着帝王的衣服，他依然是乞丐……富足和贫穷来自内在，责任者和受害者是一种心态。

找到自己的土地，成长自己。

生病是一个跟生命学习和亲近的过程，如果你肯面对和接纳，这其中一定有它的美好。生病的过程是邀请你走向健康的过程。

觉知和感恩你人生所受过的苦和经历的痛，那是你重生的必经之路。

很多时候，我们需要做一个园丁，播下任意的种子……学会静静地等待。

我们执着于任何一极，都会把相反的另一极更强地带出来，并不是要把黑变成白，执着那个白，消灭那个黑，而是进入那个黑，面对黑，了解黑，把觉知和光亮带入黑，最后，所有的黑暗都成为你光亮的来源。

始终记得：友善是我们对世界正确的态度。

今天，人们已经认识到：物质在以多种方式进入意识，意识也在以多种方式进入物质。从人们的认知上来理解，物质是看得见、摸得着的，可以测量的，可以观察到的，客观存在的。意识，是无形的，看不见，摸不着，比微风更难以察觉。这就是为什么人们把更多的注意力放在了物质上，物质存在于时间里，而时间一定会包含死亡，人们越活在物质的世界里，会越恐惧和焦虑，心中充满恐惧，就无法快乐地生活。生活需要物质，而生命的本质不是物质，两者都很重要。每个人的身体很重要，身体是物质的，身体是你的庙宇，还有一个住在庙宇的神，那是你的意识所在和你的本质所在，从照顾你的身体开始，觉察到你的意识，直到接触到生命的永恒和不朽。

在劳动中，与大地的灵魂相拥；在劳动中，遇见自己的美好；在劳动中，让自己跟整体合作；在劳动中，感受生命的真爱，照见生命的高贵，感知什么叫祝福，祝福劳动中所有的人，吉祥美好！

有些时候，我们会对生活感到厌倦，甚至觉得活着没什么意义，然而，这并不代表你失去了生活的信心，只是你对某种特定的生活厌倦了，而不是对生活本身厌倦。这恰恰是一个机会，是一个找到新的生活方式和提升自己生命品质的一个机会。

智慧，是某种平衡的艺术，在任何生命的失衡状态中，找到某种平衡，即智慧和艺术。

我们看树木，树根在黑暗的泥土里扎得越深，树木会长得越高，越茂盛，所有的成长都是一个深入内在的旅程，内在，就是你的根所在之处。

在修行的路上，我们会穿越曾经的痛苦和磨难，这是我们命运的一部分，除了勇敢，更需要尊重……才不会半途而废，才不会回到旧有的模式一再轮回。

立足点很重要，美丽花朵存在的地方，也一定有刺。我们去欣赏玫瑰的花瓣和芬芳，却不聚焦玫瑰的刺，一个人可以到达天堂，也可以创造地狱，一切都是自己的创造。你的心中一直是黑夜，你的人生注定是沙漠；你的心成为蓝天下的海洋，你自然会扬帆起航。

有能力看到一切的发生，而不被打扰，不对抗，不介入，这是成长最核心最根本的策略。

人生，每个人都在各自行走自己的路，没有对和错，只有各自的体验和选择。岁月流转，来来去去，每一个当下与你的灵魂同在。

地图不是道路，你选择了道路，就可以把地图放下。

当你累的时候，尝试让自己慢下来，感觉自己像微风，你的呼吸就是你的翅膀，透过呼吸你随处飞翔。

丢掉垃圾是容易的，扔掉黄金是不易的。生命中我们很多的麻烦，源自我们把人生混乱的垃圾误以为是黄金，如果我们能够了解真相，不执着于那些垃圾，麻烦就此结束了。

释放你内在被监禁的才华，需要你同意解放自己，解放自己的人有能力将黄土变成黄金，将污泥变成莲花。

你可以祈祷世界美好，去祝福每一个人，而能为你的美好负起责任的永远是你自己。

心是你的太阳，随时感觉它的存在，你会变得吉祥和美好。

任何时候，悲伤的呈现都是内在的打开，给自己或他人一份允许，接下来就是能量的升华。困难的时候，哭泣可以帮助你穿越那些挑战，给悲伤一份尊重和空间。

每个人都渴望一个家，创造一个外在的家很容易，然而，并不是一个人在一间房子里，那就是一个家。家跟外在物质的世界毫无关系，无数人的人生经验已说明，家不在这个地球的任何一个角落，家在每个人的心灵深处，外在的家只能给你短暂的安全感。

对于负面取向的人，你叫他看太阳，他一定会去看太阳的黑子，他总在抱怨、发牢骚，习惯性去看事情的黑暗面，还感觉自己很深刻。如果一个人，无法看到生命的光明面，他整个世界都会是黑暗的，会在自己的周围创造出地狱。我们在看到黑暗的同时也需要看到光明，借光明纯化自己，最后，你自己就是光，你走到任何地方，遇到任何的黑暗，你都是光亮的。

无法穿越内心的地狱，就一定进不了天堂。无法穿越贫穷，就无法真正富贵。

沟通，重要的一件事，就是让自己的耳朵对声音敞开……这是修行。

你的意识所在，就是你的力量所在……翻手为云，覆手为雨……是你意识光芒的呈现。

国有国界，家有家规，每个人都需要尊重彼此的界限，没有界限，也没有亲密，更多的是彼此的伤害，人与人，家与家，国与国均是如此。

放下抱怨，美丽开始呈现。

女排精神即全力以赴的过程比结果更重要！

别人给你的，你得不到，你自己经验到的才能得到。

走出旧有的轨道，只需要一步就够了。

如果你的内在只有骚乱，而没有音乐，你注定是难过和痛苦的。

所有的支持都是拐杖，如果你完全依赖拐杖，那么它会挡住你的路，让你失去自己双脚的力量。

用心的呼唤和灵魂的渴求，凑足你的意志，去走那无限的旅程。

我们无数的欲求，深深的缺失感，源于我们不知道自己。

岁月沉香，源于红尘的历练，
感恩你人生走过的岁月，每一步都算数。

我们常常对他人的了解多过对自己的了解，这常常令我们挫败。闭上眼睛往内看自己，你就在黑暗中点亮了一盏灯，不容易迷路。

外在的光无法让你发光，内在的光永恒不灭地跟随你。

每个人都是这个世界大舞台的一个演员，记得不要与你所演的任何角色认同，生命比角色宽广得多，成功来临，看着它，失败来了，看着它……可以庆祝，可以难过，然而永远不要做过激反应，你有这份看见的能力，水就开了，水就变成了水蒸气，在能量层面，这叫升华。

成为向日葵，跟随太阳移动，这样，阴暗的力量无法靠近你，否则，你所有的努力只会让自己变得更艰难。

人生，说更多的话，不会有什么帮助，活出生命的每一天，有喜悦、有受苦、有迷茫、有挫败，不要匆忙去找到解决方案，活过它们，穿越这一切，光明、清新自然会到来。

成熟，就是放下心中那个完美的父母；成熟，就是有延迟满足需求的能力；成熟，就是有能力面对现实，接受发生。这一切，是自律的起点，也是美好的开始。

一个人的成熟，意味着你对所有发生的接纳和理解，你能风花雪月，也能融入红尘；你能清澈透明，也能藏污纳垢。

每个人都在各自的人生轨道上运转航行，在这个过程中，会有各自不同的机缘巧合，相遇、相知、相爱、同行，不管能走多远，在那个当下珍惜彼此，如有一天需要各奔东西，也留下彼此的祝福，懂得珍惜，每一个当下都是永恒。

任何时候，你所遇到的困难，都是自己内在局限的照见。

我们行走在红尘的泥泞之中，我们需要在泥泞中绽放那朵莲花，留下芬芳给这个世界。

当你不再乞求，你就是国王。

每个人都是这个世界不完美的完美存在……祝福每一个人!

错过,是我们永久的一个习惯,无论你错过什么,请不要错过自己。

我们谈论大海,我们向往大海,我们生活在大海边,然而,我们无法了解大海,除非我们了解自己,我们才有可能与大海对话。我们跟大海没有距离,每个人都是大海的延伸。

核心价值观不在一个频道,不管是合伙吃饭,还是合作完成项目都是一种艰难和挣扎,没有谁对谁错,只有搭错了班子。

宁静,源自一个人对生命有态度,有爱,有敬重之心。

人的一生,悠悠岁月,看似漫长,其实是弹指一瞬间,一不留神,人生上半场已走过,人生下半场唯有用心活出生命的质感和欢舞,才不愧于生命。

客气是社交的礼貌,真诚是内在的素养,两者有根本的区别。

生活中,忠告常常不请自来,人们随时会给出自己的忠告,不管别人是否需要，如果你的忠告是源于你的知识或以为，而不是你的生命经验的分享，这样的忠告没有诚意，任何忠告都需要有诚意，而不仅仅是建议。

每个人都在用自己的眼睛看待这个世界，你的看法和理解决定你的世界，而你任何细微的调整和改变，都会令你整个世界大变。

改变你看世界的方式，而不是逃避你的世界，世俗会变得神圣，人生不需要弃俗，而是需要带着爱去体验世俗的一切。

遇事不慌是底气，遇事不乱是境界。如果你对自己的人生不满意，改变你的世界观，你的世界观就是你的世界。

走过任何地方，请带着你的成长离开。

你对自己有一份信任，就没有人可以挫败你。

培育花朵，芳香自然会来，并不需要担心。我们教育的失败，是总在担心芳香的来临，同时却错过了培育花朵的季节。

有人嫉妒你，不是你的错；为自己的人生买单，是你的责任。

每个人都有老子的智慧和佛陀的纯净，我们看不见自己的美好和福德，是因为我们错过了最近的自己，我们总是被远方所吸引，被距离所吸引。我们在利用靠近我们的一切，包括自己，羡慕远处得不到的一切，从来没有好好善待自己，于是愤怒、挣扎、憎恨……以这些方式将毒药丢给自己。只有走向内在，了解自己，春天才从这里开始。

成长，意味着避免或停止反复掉进同一条沟里，避免遭遇同样的愤怒，同样的挣扎和纠结。有一天，当我们有力量从这些陷阱和束缚中解脱出来的时候，也是祝福到来的时刻。

全世界的人，从遥远的地方去到英国，一定会去看伦敦塔。而有成千上万的人，天天路过伦敦塔，却没有去过伦敦塔，他们想，某天某时，我可以随意地就去了，可这一天是那么遥远，或许一生都无法成行，离得那么近，却是那么远，这也是我们跟自己的距离。延迟，是无数人一生挫败的来源，别让自己等得太久，进入自己，你将永远不会后悔。

成功，很好；失败，接受。你不被成败打扰，就没有任何的人或事可以打败你，从人生任何的状态中去学习，所有的发生都将成为过往的戏，你遇到的风雨顺便就成了你人生的风景，简单地享受自己的人生，就不会错过今生。

如果你知道所有的东西，却不了解自己，那么，你所有的努力都只是把房子建在沙子上。有一天，房子倒塌，也会压垮你。

所有的问题都不是用来解决的，而是用来提升能力和品质的。遇到问题，就问为什么，只会制造更多的混乱而让自己陷入僵局，看不到更大的画面，看到的是困顿和挣扎。问题出现，让自己有份觉知，先照顾好自己，问题即障碍，遇到障碍，提升高度，自然穿越。

让你的聪明蜕变成智慧，因为聪明人有更多的困惑，白痴不会难过。而聪明人的困惑往往会给自己带来更多的恐惧和挫败。

我们的内心常常受伤，是我们同意了他人对我们虚假的认知和评判。我们只需要从中走出来，把那些虚假的东西留在你的身后，你就从自卑中走了出来，从渺小中走了出来，从恨和嫉妒中走了出来，你会发现一个全新的自己。

放任不等于自由，放任是一种幼稚，自由是一种成熟。很多人感觉这个世界不自由，源于我们的内在还未整合到一个成熟的状态，自由意味着我们成熟的内心有一份觉知和担当。

绽放的花朵，你经不经过它，知不知道它，它都是芬芳的，都是喜悦的，这是它跟这个世界的一份友谊，友谊就是不依赖和控制对方，尊重自己和这个世界的每一个人，尊重这个世界的万事万物。

一个人给这个世界带来苦涩还是祝福，取决于这个人是痛苦的，还是被祝福的。

带着敬畏和惊奇之心，用纯真的眼睛看世界，你的敞开，会带来属于自己庆祝的节日。

做任何的事情，如果你是在证明自己或寻求他人的认同，其背后就会有很多攻击性的言语和破坏性的行为。这就失去了重点……你没有享受生活，也不享受所做的一切。

人和动物的巨大差别在于其价值……动物只是盲目地活着，人在有意识地活出生命的价值和意义，人需要透过体验生命将美带给世界，将喜悦带给世界，将爱带给世界，将自由带给世界。

一个人如果完全活在理性的世界里，就如同一座荒凉的孤岛。

让自己和谐，世界一切的和谐才能与你同频脉动……和谐是快乐的妈妈，你是和谐的，快乐就跟随你。

弗洛伊德谈心理分析，阿萨古欧利谈现象综合，诸佛谈静心观照，这是超越的艺术，静心，观照，意识，觉察，是超越传统心理学新人类的科学。这也是修行的终极之路。

你的行动迅速有效，源于你内在有足够的清晰度。

每个人面对问题，他的内心都能找到解决之道，小孩更是如此，只需要信任、耐心和空间。

我们把责任丢给别人，指责、抱怨别人，结果让自己成了奴隶。

所有的伤痛都是无意识无知觉，沉睡的能量，唤醒、疗愈就成了你的力量。

播下种子后，最重要的一件事就是耐心等待……我们成长的路上也一样，耐心同样重要，早期很多的进展和发生是你无法看见的，也无法知道的，种子在泥土里酝酿，在破土之前，所有的进展都是静悄悄的。

记得在会见任何人之前，先跟自己会见。

向内走，你是一个圆，当你是一个圆的时候，你是充足的，无论你接近谁，你都是爱，都是圆满。

扎扎实实、脚踏实地……是成就所有事情的重要元素……投机、捷径,不是自欺,就是欺人,给自己的人生带来的是更多的麻烦。

你想得到任何东西,都需要遵循自然法则……播种,耕耘,等待,收获。

真诚地生活,永远给自己的人生留有希望。

不管你处在何种境遇,记得每天让自己向前迈一步。

人生是一场梦,晚上闭着眼睛做梦,白天睁开眼睛做梦,仅此区别而已。
成长,就是从梦中醒来。

当一个人混乱的时候,常常用一个更大的错误去掩盖那个小的错误,由此,让自己掉进某个陷阱。

切记,争论对错毫无意义。任何时候,与任何人都不要在这个问题上消耗卡路里。

人生,每个人都会遇到问题,有些人遇到问题,问题迎刃而解,不断透过问题成长自己。

有些人遇到问题，问题变成难题，所有的问题都是挫败自己的来源。

一切的结果都跟问题本身无关，而跟人生态度和内心的成熟度有关。

圣人说：天不讲话却行无言之道。
如果你能说会道，请记得口吐莲花。

信任，是你对生命的亲吻，对生命的爱和真诚，对生命的认知，这份认知决定你人生的高度。

如果你有足够的信任，没有人可以挫败你，建构一个孩子生命内在的信任感，你就给了他一个王国。

信任，就是有人会欺骗你，你会做错事，然而，你依然有能力爱自己，依然有能力继续前行，即使走到了敌人的队伍里，你也有能力找到自己的朋友。

你不因别人的称赞认为自己更好，也不因别人的贬损认为自己更差，这叫客观和自信。

成长，就是唤醒我们睡着的能量，你的能量被唤醒，你的自我就消失，你跟存在是一体的。


除了你自己，没有人可以摧毁你，除了你自己，也没有人是你的拯救者，任何人对你的支持和帮助都是在配合你对自己生命的建设。一个愿意帮助自己的人，处处遇贵人。


逃避，就是你把机会留在了后面，错过了良机。


领悟，不是任何人给你的，是你在红尘中打滚而得来的。


一个人的成长，有各种因素，其主要的因素不外乎这三种：源于痛苦、追求快乐、基于启示。

不管缘起是什么，成长不是速成班，不是目标和目的，这条道路是一个过程，是一个缓慢而渐进的过程，是一个人一生的修炼。


每一次的挑战，都是你成为国王的沉淀和腾飞的起点，当你成了一个国王，声望和名利只是你的玩具，慈悲和智慧才是你的根本。


你无法拥有很多颗心，你只拥有一颗心，当你用心去做事的时候，是专一而美好的，心就是爱和美好。

特定的路径，或许是捷径，或许是制约，不是路的问题，而是人的问题。你在当下，每条路都是对的，你不在当下，每条路都会是错的。

渴望幸福是好的，做对事情是重点。你总是去提升别人，让别人更光亮，而别人的光亮不会让你内在的黑暗消失，点亮自己才是人间正道。

无数的人，总想要依赖，又想要自由，自己绑住了自己，还总说别人控制了你。

看见的能力，是爱的能力，只有透过爱的双眼才能看见你曾经看不见的一切。

每个人都是一个巨大的磁场，在吸引着相应的事物。

高贵，不是优于别人，而是优于过去的自己。

压力，不来自外在，你不给自己压力，没有任何人可以给你。

想通了，世界没有敌人，
想不通，处处都是敌人。

肩担一人，心养千人。

照顾好自己的心，滋养自己的同时，也顺便美好了别人。


放下所有的敌对，你打击任何人，都是在给自己制造障碍……

每个人都是存在心爱的孩子，都在以自己的方式演绎着生命的意义。

大地养育树木，结出果实，果实养育你。

有一天，我们归于尘土，被大地吸收，大地继续养育树木，这个世界万物彼此相连，生命相互依存，没有谁是孤岛。

世界是每一个人的新娘，我们是这个美好世界的新郎，我们向美丽世界示爱，世界将展现她的美丽和尊贵与你。


搬石头，原本想砸别人，结果砸到了自己。

杀一儆百，初衷是想儆他人，最终往往儆的总是自己。

我们任何破坏性的行为最后都会回到自己身上。


任何人处在困难和挣扎中，那个当下，需要的不是建议和解决方案，需要的是聆听、理解和陪伴。


静心可以改变一个人，重点是需要做长期的准备。


愿望，没有力量，只是一个飘来飘去的想法，所有的行动都是在渴望下发生的，渴望是一团燃烧的火焰，为自己的美好理想，成为燃烧的火焰，深深地去渴望，就没有谁可以阻挡你前进的路。

当你变得不被打扰，拥有一份真正的宁静，那是一份高贵，一份帝王的高贵，你是自己的国王。

二十岁以前，你的相是父母给的，二十岁以后，你的相是自己造的。整容行业很火，是因为我们忘了自己是整容师。

担当，就是对你任何的选择负起全部的责任。

简单不等于肤浅，简单是富足深刻后的回归。
一个真的能享受简单的人，他一定不简单。

依赖的背后是恐惧，事实上所有依赖的对象，都不可能给你保障，唯有你自己可以独自行走，一切才是你的助力。

成长，就是不断地去知道：我是我自己。

所有的痛，都蕴藏着潜力，一个人如能勇敢地面对人生的苦难，那么一切的痛都可以转化成生命的力量。

成长不为任何人，百分之百为自己，就不会有委屈和抱怨。

绝对地否定任何一件事情，都会给自己带来制约，与其浪费能量去对抗或否定，不如找到恰当的方式，借万事万物帮助自己变得更丰富。

酒是某种解药，过量就是毒药，适度，任何时候都是一种智慧。

只有心才能与心真正对话，这个对话不是语言的对话，是出自内心的信任和寂静。

如果你经常生气，意味着你常常受害，生气是受害的一种，当你觉知到这一点，是一份成长。

即便我们有足够的理由受害，然而，我们也不让自己去到受害者的方向，由此，可以让自己有力量站起来负起责任而改变局面，从受害的事件中跳出来，走向未来。

树叶以为它跟树根没有关系，人以为自己跟自然没有关系，所以，人会破坏自然。树根深埋于地下，树叶不明白，树叶看不见树根，人可以看见自然，人需要明白我们与自然是一体的。

自信不是自大，虚假的自信过头了，就是自大，自大的背后是自卑，自信的背后是谦虚。

你能温暖自己，即使遇到寒冷你也无所畏惧。

人帮你，不如天帮你，顺应天时，做老天欢喜的事，天一定助你。

解决问题的征兆是容易的，明白问题的根源才是重点，否则问题总会在其他地方再次跑出来。

身体的不舒服，究其原因是没有与天地同步，心里的不舒服，源于没有跟灵魂同步。

春夏养阳，秋冬养阴，阴阳平衡，万事皆顺。

习惯任何人和某件东西，最后，那个吸引力都会凋谢，因为，我们无法带着全新的能量和觉知去接触一个人和碰触一件物品，习惯，会让人变得麻木，变得理所当然，变得失去敬重之心。

人一生，外求，梦一场；内求，醒来觉悟。

万物皆有灵性，万物自有天理，你的生命之气与世界万物之灵和谐的结合方式，就是你的世界。

教育的目的不是谋生，而是立人，在天地之间堂堂正正地做一个人，在此基础上，谋生之道顺之而来。

正向的思考有它本身的力量，透过你的"是"生命被肯定，这份正向的态度，成了你进入美好世界的大门。

安住自心，喜悦、空无、纯净。

单独的能力，是勇气和力量，是你面对自己内心的诚实。

活在对错里，就是活在孩子幼稚的世界里，如果你难过，你内在也有一个对错的标准，如果你能放松，意味着你放下了内在的某种对抗和执着。

理解自己和他人比谴责更有力量，只有真正地理解，你才能找到新的人生路径，谴责意味着轮回。

不经历，不知对错，经历过后，成长了自己，就没有对错，错就成了你深厚的底蕴。

一个心力交瘁的人,无法解决任何问题,只会制造更多的问题,停下脚步,照顾好自己,是解决问题的开始。

没有人会障碍你,所有的障碍都来自我们内心的制约,很多时候,是我们自己捆绑了自己。

保持一种学习的态度,每个片刻和当下都觉知到自己的不知道,觉知到自己的无知,会让幸运的门对你敞开。

如果我们生活在"明日"的幻想之中,我们就生活在自我的欺骗之中,你没有办法落地过好今天,哪来的"明日"。

喜爱玫瑰,看向花朵,可以超越和忽略刺。有花朵的地方,一定有刺,你不必聚焦于刺,如果你的内心永远住着一个黑夜,没有阳光,怎么可能长出花朵。

醒来,是崭新的一天,以全新的能量面对自己,向所有的生命和这个世界问好!怀揣着感恩的心出发,感恩我以这样健康美好的方式活着。

当你选择一个方向或目标,你需要一直朝前走,享受而快乐地走,有一天,你一定会到达那个地方。如果你今天朝南,明天朝北,后天朝东,大后天又朝西,可以确定,你在绕圈子,浪费自己的能量,你无法到达任何地方。

记住,当自己处在负向能量状态时,不做决定,不付出行动,这样,你就没有后悔的需要。在自己能量正向流动的时候去行动或做决定,对生命是具有建设性的,每个人都有负向生命状态的时候,这不是问题,关键是你有觉知,不做决定,不付出行动。

有一种失败叫瞎忙,勤奋固然重要,前提是做对的事情。

放下一切的占有之心,因为不管你占有什么,你都将被它所占有,这会让你变得恐惧和狭隘。

放下的另一端是拿起,人生之旅途,我们需要借助无数的工具或方法达成生命的意义,拿起和使用任何的工具都不是问题,关键是要懂得什么时候拿起,什么时候放下。

每个人都是这个世界等待绽放的花朵,让自己花开的前提是:你是种子的同时,你还是自己正确的土壤和园丁。

我们会记得无数的事情，却常常忘记了自己，忘记了自己，是人生所有艰难的关键所在。

成长，就是知进退，敬系统，重全局。

成长、成熟，就是不给自己找任何借口，一如既往地前行。

边缘部分无法改变，所有的改变都发生在中心或你的核心部分。

意识是边缘部分，无意识是核心部分，进入睡眠，就进入了无意识。在睡眠中，我们的身体和生命会得到不同程度的修复或净化。

让你行走的每一步都给自己带来安详，让你说出的每一句话都给他人带去温暖。

把自己照顾好，你就在顺便照顾很多人。

成长修行，就是不断地看见自己，明白自己并不缺任何的东西，只需要从深睡中醒来。

所有的受苦，都是无知的副产品，如果我们想要离开那些痛苦，需要从沉睡中醒来，有觉知地生活。如果你享受你的痛苦，那就没有问题。

自由是生命内在的成熟，一个没有成熟的人，他的自由是一种幼稚的放纵，没有成熟的人负起自由随之而来的责任。

如果你的内心是宁静的，你就不容易被打扰，不被打扰是一种高贵，一个王者的高贵。

学习游牧民族的断舍离，需要的就带上，不需要的就放下。不囤积物品，精神世界才会更丰富。

小事不计较，大事不糊涂，这是一生都需要去修的。

以健康的方式与世界连接，以创造和建设的能量活出平凡的生命。

无论你曾经错过什么，你都不曾错过任何的东西，因为我们所要找寻的一切都隐藏在我们的生命里，只是等待我们去转向面对自己。

亚历山大是古代最著名的君王之一，他拥有庞大的王国，在他临终离开世界的时候，他留给世界的遗言是：将他的双手放在棺木外，好让人们看到他一双空空的手，什么也带不走。

平静面对人生的得失是快乐的来源，适当的时候懂得放下是人生的智慧。

虽然你有一个聪明的头脑如同图书馆,这个图书馆会吸引和帮助很多的人,但是,千万不要让这个图书馆替代了你的生活。

一切的改变和成长,都是从坦诚面对自己那一刻开始。

谁能逃过岁月,走过岁月,不辜负岁月。

情感和灵魂是属于人类的高尚情操,是智能机器人无法取代的,这是人类最后的阵地。

对于现代人来说,压力普遍存在,首先,我们需要清晰,压力不见得都是错的或负面的,否则你一想到压力,你就会恐惧,而恐惧的时候压力会加大。

压力可以成为你的恐惧,也可以成为你生命创造性的能量。当一个人有压力的时候,身体会呈现紧张,呈现备战状态。

去观照自己的身体,面对压力,以正向的态度全然体验压力,最后,压力就成了你人生的垫脚石。

凡·高就是一个典型的案例,他将自己的恐惧和压力蜕变成了生命创造性的能量。

智能机器人跟人类生命的区别是温度,让你体验过的每一件事情,都赋予你生命的温度,那每一件小事都将成就你的人生。

成长,就是不断唤醒生命意识的光芒,意识永远不老,如果当下你是有觉知、有意识的，你的生命就是全新而鲜活的。

无数人想征服世界，世界无法征服，因为每个人都是世界的一部分，当你想征服世界的时候，你就离自己更远，离世界更远，你何以征服。

我们只有感恩和庆祝这个世界，你就是世界。

成长，是一个人对世界的祝福。

音乐，是这个世界最美的祝福，如果这个世界每个人都可以去享受音乐，那么一切的战争都将消失。

匆忙，只会错过，如果你永远都是匆忙的，那将是永恒的错过，慢下来，才有可能抵达你的目标。

从容不迫，不匆忙，觉知地行走，是落地的修行。

遇到任何问题，正好是光照进来的机会。

做一个工作的艺术家，不管你做什么，以爱和创造的方式去呈现，这是生命和谐与美的表达。

你存在于天地之间，你的立足之本就是你的心态，你的格局，你的视野。

永远不做受害者，你就赢了。

受害者就是时常觉得自己吃亏了，受害了，这是一个低频的能量，在低频振动的能量中，吸引来的只能是同频的能量。

忙碌有两种，一种是为了忙碌而忙碌，另一种是我清楚自己在忙什么。

让人舒服，是一个人的情商，也是一个人的修养。

缺了这份修养，你一定有很多的抱怨和控制，你再有能力，饭菜做得再香，吃饭的人都是难过的，因为跟谁吃饭比吃什么更重要。人对了，舒服了，喝白开水都是甜的。

尽可能不给任何人建议，但可以分享你人生的经验。

尊重过去，当下幸福，未来自然美好。

一切的美好都需要福德来承载，厚德载物，福德相生。每一次的出发都不忘初心，宽厚、包容、积德培福，那么，成功是水到渠成，美好是顺便到来。

永远不要走极端，无论你的观点和选择有多么的正确，如果用极端的方式去处理，结果都是破坏性的，因为极端本身就是一个错误。

对于特定的人、特定的事，需要找到适宜的方式来处理，正确的方式，正确的态度是针对特定的人和事，不是一概而论。

愿望可以实现，全然很重要，所有的事情只要你有全然的态度和行动，它就会变成事实。

人们之所以欣赏赞美莲花，是因为莲花随时保持着高度的觉知，不被淤泥打扰，它知道自己是谁。

人生，每个人都难免避开冒险的旅程，有的时候，冒险是需要的，如果你的冒险只是你的冲动，而缺少智慧，那是纯粹的鲁莽。

觉知和智慧是你任何行动之前的一盏灯。

大事、小事，过了今天都成往事。

遇事不指责，开怀向前看，坦然面对一切，一切都是良机。

独立，意味着你能承担自己任何行为的后果，且在这个过程中不断成长。

海洋在等待着每一条河流的进入，河流是焦虑地进入还是欢乐地进入，最后都会消失在海洋里而成为海洋，河流进入海洋是Z字形的前行，还是欢快地奔腾向前，这是河流的选择。

人生如何过，也是每个人的选择。

无论何种方式，敬重生命是前提。

沟通的艰难源于我们彼此都在自我的冰山之中，如果大家都愿意用爱去融化那个冰山中的自我，那么你我都将会成为海洋的一部分，没有人是孤岛，每个人都是整体的一部分。

把你的丰盛分享出去，你会变得更丰盛。

你对一件事情充满了期待，然而，事情的发展没有依照你的期待发生，无望、痛苦就产生了。

如果我们可以了解无常，就能理解所有的发生都是正常。

勤奋，
永远是人最美好的品质，
如果你够勤奋，
最坏的结果就是大器晚成。

低头是麦穗，昂头是稗草，
柔软谦卑是真正的力量，

成事者从来懂得俯身臣服万物。

疯子和智者的差别是：疯子认同了他的幻觉，智者跟他的智慧在一起。

当你卸下自己的责任，你就失去了灵魂，当他人为你承担责任，你也在失去自己的力量。
找回自己的力量，承担起自己生命的责任，飞翔才有可能。

一个人在面对艰难和挑战的时候，士气和勇敢很重要，也许你不能左右局面，然而，你可以改变心情和端正态度。

清晰的认知，柔软的心，从容的脚步，
在自己的中心，行走自己的人生。

俗话说，十步之内有花香，三人之中有良师。
感恩谦卑的心会让我们的生命如花儿般绽放，如鸟儿般歌唱，如草儿般随和。
处处遇贵人，事事呈吉祥！

世界是一所学校，活在红尘的世界里，是真正的修行，其他的方式只是理论。

唯有活在世俗的世界里，才有可能脱俗而超越自我。

弹琴，先调音，做事，先着调，
做任何事情，人不在调上，最终都是挫败。

践行，就是不断地尝试，当你不断尝试的时候，你就把另一个可能性带出来了。

生活，并不需要那么严丝合缝，而更需要弹性和流动，生命力才有可能被带出来。

别人认为你是什么样的人，怎么想你跟你无关，坚定不移地做自己。

接手任何人的沉重，需要清楚自己是否有能力去流动，让那份沉重的能量去到欢腾，去到轻松幽默的能量中。

任何一件事情，都有一个循环，开始、经过、结束。
开始很重要，第一步就已经决定了最后一步。
当你有一个正确的起点，就无须担心结果了，在对的时间，对的地方，跟对的人一起，就会有对的事情发生。

不去跟任何人比较，当你去比较的时候，你已经陷入了烦恼之中，你的烦恼，接下来就会给你带来一连串的麻烦，因为，你整个生活都不在自己生命的能量里了。

冲突背后的终极需求，是要和平。
而冲突的解决之道，可以争个输赢，也可以达成共识，面对冲突的态度，取决于当事人当下的生命状态是否平衡，平衡的生命带出来的就是和平。

你的清晰，会让你看见别人看不见的机会，所有人看到的都是一堵墙，而你可以在墙上看到一扇门。

尽量避免跟任何人陷入无聊的讨论或辩论中，生命的每一天，带着你的觉知，从你的心中，分享你生命有温度的经验。

成长，就是你意识到，生命中的每一个人，没有任何人需要被指责，只需要被感恩。

埋头去争论，不如抬头看星空，放下所谓无聊的争论，美好就会发生。

我们的力量，我们跟生命的连接很容易被别人带走，时时记得在你生命的视野里去看这个世界,去看万事万物,这叫远见,这叫初心不变。

每个人都有自己的天赋,绽放天赋的方式也是不一样的,尊重生命的个体差异,叫文明。

一切都在变化之中,我们唯一能做的,是找到某种方式爱上自己的生活,感恩曾经走过的路,珍惜生命一切的成长。

交响乐,是所有人在自己正确的调上,就能奏出和谐的乐章,团队家庭也一样。

我们已经来到了一个快速翻转的时代,让我们充满着生命的脉动,从井底走出来,去迎接整个天空。

我们来到了一个非凡的时代,意识的革命不可避免,不管你是愿意还是不愿意,席卷而来的振频能量,会将伪善的面具揭下,真实的永远不会失去。

星空的那一端,微中子带着你的信息在跟这个宇宙私语。

每一个瞬间,无数颗微中子穿过你,带上你的祝福或是抱怨,在宇宙的某个维空随时准备回应你,机缘成熟,再以跟你同频的能量回到你的生命里。

去伪存真的时代已经来临，伪劣假冒已经到头，无论哪个领域，从物质到精神，从有形到无形，一切都将迎来一场划时代的洗礼。

真诚面对生命，感恩岁月的歌唱。

善始善终，是一种品质，也是一种修为，更是一份祝福。

真正的家在每个人的心里，外在的只有房子，你找不到心里回家的路，就是一个流浪的乞丐。

成长，就是找到回家的路，找到心灵的家园，付出任何代价都值得。

一个非凡的时代已到来，每一个生命都到了风口浪尖上，祝福每一个人，怀着爱，带着生命的柔软和弹性，在自己的中心随风起舞，而不被风浪卷走。

自大的人，有一天一定会遇到比他更自大的人，来摧毁他的自大。极端的人带来的一定是极端的结果。

修行之路需要不断照见自己，在关系中，不受害，不伤害，如其所是地看到并接纳彼此。

科技的发展和进步，如果违背和破坏自然，我们就在服务死亡，而不是在支持和服务生命，我们所有的作为都需要尊重自然，人是自然的一部分，人类懂得尊重自己，才会拥有生命的尊严感，人生的旅途才会更有趣和更快乐。

成长，就是不断地去看见自己，除了你自己，没有人可以真正看见你，人们只看得到你表面物质的一切，无法抵达你生命意识的中心。

生命会创造无数的机会，让你感受到孤独，从而转向内在去看见自己，不要以为别人看不见你，你就觉得自己不存在。

人们看不见你，就像你看不见神一样。

去看见自己，告诉自己，每个人都是这个世界整体的一部分，没有你，万般精彩也枉然。

你的谦卑不是你的压抑，是源于你对生命的敬畏。你的力量不是你的傲慢，是你柔软的心传递的温暖。

允许他人快乐，也接纳他人的痛苦，这就叫尊重。

放松在你的生命里，并不需要等到你成功了才去放松，简单的放松，对现代人来说，却不是一件简单的事情，人们一直紧张而努力地奋斗着，期待着有一天成功了，才可以好好放松自己。

这一天是个未知数，而我们已知的是现在就可以好好放松，接纳你的现状，你才能乘风破浪，扬帆起航。

感恩，就是用别人对你的好，去建设自己生命的同时，顺便又把美好带给他人。

合作，就是你给世界和身边的人，带去一种愉悦，世界以同样的方式在回馈你。

每个人都是自己生命的主人，自己的责任者。任何时候，遇到困难和挑战都可寻求帮助，可有一点要清楚，任何人对你的帮助都只是助力，自己才是主力，否则，没有人可以帮到你。

卸下你内在一切的枷锁，因为每一个枷锁都会放大你的欲望，从而被欲望奴役而失去心灵的自由，错过的是生命。

你紧抓任何东西的同时，都在失去自己的力量，因为你执着任何的东西，都意味着那个东西比你大。

任何的艰难，只要你肯面对，都伴随着祝福！

贪婪，就是只要结果，不想要过程。

当你了解无常，你就会明白，一切的发生都是正常，当你有能力真正看见，你的心就能够安详。

不是每一分努力都会有想要的结果。

埋头苦干，看不见前方的路，有一天你抬头一看，猛然发现那个目标怎么越来越远。

觉知是生命的一盏灯，一切的努力和勤奋都需要觉知这盏明灯的指引，才具有建设性的意义。

命运，是一个人内在世界的显化，而不是一个外在强加给你的人生。

遇到问题，习惯性地在外面的世界寻医问药，而不问自己，即使问题得以解决，那不是一个真正的解决，而只是问题的延迟。

成功，是无数人的梦想，如果有捷径，那就是归零的心，落地地践行，耐心地等待，一如既往地坚守，不忘初心方得始终。

成长，就是点亮你心中的火把，无论你去到哪里，都可以正确地引导自己。

此岸、彼岸是一个岸，一个人如果没有改变自己，去到任何地方，都还在原地。

每一个白天都从黑暗中走来，每一个生命都是死亡为之创造了空间。无论我们在说此岸，还是在说彼岸，都包含了彼此，说出来的是两者，本质上是一个整体说任何话、做任何事的立足点很重要，因为这一切就是你的世界。

幸福，不是任何人给你的，一个人有幸福的能力，不管你是否结婚，是否有人爱，你都可以幸福。

等待有人给你幸福，最终是失望。幸福的人吸引幸福的人，痛苦的人吸引痛苦的人，这是吸引力法则。如果你们彼此在一起很痛苦，先帮自己，这是你帮任何人的前提，一个痛苦的人帮不到任何人，如果愿意，只能帮到自己，最后，顺便帮助别人。

人们常说：人生如梦。

无论你的梦或长或短，对于梦来说都无差别，关键是梦醒时分，你能带走什么，这是重点。

无论你学什么，找到内心的清明，然后，落地实修，这是最大的招。

花中君子，数梅花，敢在寒风中怒放，源自单独的能力。

心中有光，首先照亮的是自己，顺便照亮别人。

不梦想让自己成为某个人物,每天以普通人的身份去落地生活,去践行,你就活在至福之中。

今天的人们无论怎么吃,都没有满足感,只有腹胀感,这是一种扭曲,我们用贪婪的心在吃,怎么吃都不对,而且吃错了很多的东西。

一头牛走进草丛,在花花草草的世界里,牛不会迷茫和困惑,牛会选择自己需要的草吃,牛清楚自己的身体需要什么。

我们的生命真正需要的是什么,清晰很重要,去感恩那些滋养你生命的食物,会真正帮助到自己。

你指责任何人,都无法让你获得生命的力量,唯有祝福和感恩才能让你重拾自信和爱的力量。

俗话说:美言不真,真言不美。事实上,这是一个限制,真言也是可以以口吐莲花的方式来表达的。

如果你时常记得仰望星空,你就会懂得谦卑和敬重。

流动和表达就是疗愈。

清明,透过祭祖,清清楚楚地明白做人的道理。感恩、担当、觉知每一个当下的清明、敬重每一个独特的生命，珍惜每一段情缘。

人生会体验谷底，也会去到高峰，我们有时会借着滑入谷底累积能量来获得高峰的经验。

深谷有平静，高峰有喜悦，两者并无对错，都是生命的旅程和体验，从旅程和体验中学习成长是重点。

自由，是每一个生命与生俱来的内在品质，没有人可以给你自由，两个彼此相爱的人走在一起，只会强化各自的自由。

如果你感受不到自由，想要他人给你或去外面寻找，找回的只是挣扎和控制，而不是自由。

成事需要霸气、大气，而和气是最终的胜利。

世上无好人、坏人之分，只有人生选择的不同，有智慧的选择，也有愚蠢的选择，其结果自然大不相同。每一个选择都是价值观所趋之，所以，树立正确的价值观尤为重要。

成功，没有别的，在正确的路上持之以恒，坚持、耐心、等待，结果会自然发生。

这个世界最可靠的肩膀是自己的肩膀，而往往我们的肩膀扛起的不是自己人生的使命，而是他人人生的包袱，这叫干扰他人，混乱自己，最后，每个人的肩膀都是紧绷的。

负起自己生命的责任，带出的是生命的力量和喜悦。

无数人对生活的态度，如同盲人对光的态度一片茫然。

茫然，不是因为没有路，不是因为没有光，而是因为我们不选择信任，不选择看见。

无论你感受到怎样的压力，第一步是觉知面对并接受它，对抗抱怨只会让压力变大，因为对抗抱怨中的你会更紧缩，压力自然就放大，一旦你觉知面对压力，压力自然转化成了你的动力。

地球，是我们每一个人这一世的家，是我们实现生命蓝图的场域，让我们珍惜并扎根这个星球，来活出我们每一个人闪闪发光的天赋。

莲花之所以不可思议、高贵和风雅，是莲花从发臭的淤泥中带着自己的芬芳走出来，带给世界宁静、和谐与美好。

量子科学的出现，让很多科学家一头雾水，物质世界的理论已经无法解释量子世界的现象。

量子世界即灵魂世界，灵魂，传说中的量子，独立而恒在的个体；灵魂，即意识，是能量，不是质量，有数量，没有大小，有空间，没有时间，有远近，没有距离，有形态，没有形状。

灵魂就是量子，一个量子的改变，必然引起另一个量子的改变，两者的改变是同量发生的，叫量子纠缠。你的感恩带来的是好运，你的抱怨带来的是受害，即量子纠缠的结果。

量子叠加告诉我们万物一体，每个生命都是有机整体的组成部分，都在彼此影响，彼此照见。

清晰明了你生活的意图，一切的发生都会向你的意图移动，带着你的爱，向这个世界表达你清晰的意图。

你的强大取决于你内心的力量，内在真正的力量来自你的流动、柔软、弹性和格局。

谦卑、臣服之心是一生的修炼。

你融入世界的态度和格局决定你的世界。

教育，是一个民族、一个国家文明兴旺的根本，教育的失败，会让我们重返迷途、贫穷和痛苦。

每个人都努力把自己活成了最好的样子，无须批判打压自己，不管你的现状如何，接受并赞赏自己，明天才有可能会更好。

痛苦来自比较，幸福源于珍惜。

任何风暴来袭，不把自己带偏，不被他人带跑，待在自己的中心，看云卷云舒，看风吹雨打，不卖"惨"，感受并尊重自己的感受这就是高贵，剩下的那些戏码一笑而过，这就是人生的修行。

发生什么，并不是重点，重点是你的态度，你的反应。

国王骂你和乞丐骂你，同样一句话，谁骂你你会容易受伤？并不是事情本身让你受伤，而是你对一个人的期待越高，你就会越容易受伤。

事在人为，
禅在人心，
高山流水，
境随心转。

尊重他人，
庄严自己。
有人有我有万物，
有古有今有天地。

沉重，是你停下来，没有成长。一个人如果愿意成长，你就能克服地球引力向着天空翱翔。

善良而有智慧就是美德，一味的善良而缺乏智慧是愚蠢，这样的善良对彼此都没有任何建设性，最后带来的是伤害。

混乱的头脑，看到的是乌云、是一团糟，乌云遮挡了你的灵魂，这是生命唯一的盲区。没有灵魂的觉知，一切的忙碌都是瞎忙。

初心不变，在长风中歌唱。

有初心，就不会有野心，野心易让人混乱，初心是一个人一生的底气。

做自己，就是不在别人的地图找自己。

成长，就是在失衡中平衡，在错误中修正，终身学习，永葆激情。

尊严，就是不卑微，不自欺，不欺人，不被欺，珍惜人生细微感动。

爱自己，就是不跟烂人烂事纠缠，不跟受害者做解释，放下过去，不忘初心，活在当下，走向未来。

家风，就是家庭的风水，可以世袭，可以传承。家风，你看不见，却能真切地感受到。

家风，是一个家庭的能量场和底蕴，是父母留给孩子最好的财富。

自由不是放纵，自由是一个人生命的成熟，放纵是一个人内在的幼稚，唯有真正的成熟，才会拥有自由。

痛苦，意味着你的能量是冲突的；幸福，意味着你的能量是和谐的。

你的工作，不是你单纯的职业，而是你修行的道场，那么，工作对你的意义就是非凡的。

很多人生命缺少的，不是机会，而是生命的情怀。

每个人看到的都是自己当下的风景，你的视野，就是你的世界。

每个行为都会带来一个结果，并不需要等到遥远的某一世，行为和结果是一体的，是一个连续。

你想要什么，每天，以千万计的种子去播下，那个自然的收成会在一个秋天到来。

心简单，人糊涂，坦荡快活，无愧于心，就是幸福。

我们已经来到了一个新时代，我们需要放下，放下不支持生命的一切防御机制，放下不能服务生命的一切。

保持高度的临在，在地球这个共处的空间里，给出彼此的爱和支持。

我们所有给出去的，最后都会回来，你讲出去的每句话，你付出的每个行为，你的起心动念那都是你的灵魂。觉察，如何可以让你的灵魂轻盈。

生命的痛，是成长的机会，面对就是疗愈，逃避只会轮回遭遇。

搭建一个桥梁，找到你内在的真实，这是成长的第一步，也是最关键的一步。

我们来到了非凡的时代，从双鱼来到了宝瓶，这意味着这个时代有很多的可能性，有很多的变化，特别是在人类意识的层面，我们需要有更多的觉知，全然地去体验生命。

给少拿多，这叫获利，这是外在的经济学。而内在的经济学完全相反，给出越多，收获越大，全然分享你生命一切的美好。

在一起，是每一个人内心与整体合一的渴望。

看向自己，就是大道，看向自己，就是爱自己。任何的发生，看向自己，这是唯一的路径。

生活有摩擦，生命有升华，将爱带进每段关系中，所有的障碍都是人生的基石。

没有人可以抵挡岁月的流逝，也无法改变年华之老去，然而，我们可以选择如何老去，这是我们对岁月的致敬。

当你只会从自己的窗口看世界，你看到的一切都是你的自以为是，不是真实的世界。

生命是不断变化的流，我们却总在执着某个固化的点，这是我们艰难与挫折的来源。

真实，就是忠于自己的存在，随时聆听自己内在的声音，否则，生命是一场浪费。

我们生活在这个地球上，事实上，我们对地球一无所知，因为我们对自己一无所知。我们试图从遥远的星空来了解地球，却知之甚少，如果我们可以向内走，去探索自己的生命，如此，对地球的了解会更直接，因为每一个人都是一颗浓缩的星球。

朝圣，是跟开悟灵魂的连接，是开启内在生命的旅程。
在对的地方，对的时间，扬起生命觉知的船帆。

成长，选择一个不误导你的地方很重要，我们需要靠自己的双手来驱动生命的船帆，以此来借助风的帮助，更快地前行。

如果你是受之无愧的那个人，宝藏一定会来到你的生命里，担心未来，不如祝福自己和世界。

每个人生命的内在都有火元素，如果我们可以正确运用，生命之火可以照亮我们前行的路，这就是生命之光，它让我们在黑暗中不迷路。

嫉妒、愤怒之火是我们错误地使用了生命的火资源，我们以这样的方式不断消耗自己。

帮助自助的人，才能锦上添花，否则，只会彼此添乱。

修行，就是与心的连接，因为在心的地图里，可以找到回家的路。

身体的放松，会让一个人的呼吸变得平静和安详。只有当一个人平静的时候，才能听到鸟儿的叫声，否则，再动听的音乐你也听不见。

接受，是一个人内在的力量，当你把对抗变成接受的时候，所有的噪音都变成了音乐的节奏。

真诚，最基本的态度就是承认自己的无知，接受自己的无知，因为我们对自己和这个世界所有的已知都是表面的，当我们有勇气承认自己的无知，我们就开始放松，我们就开始成长。

脾气、德行和情怀，这三者是一个人交友重要的考量因素。

忙着做事，忘了做人，事成不了。
做人，是成事的基础。

有些路，必须走过才明白，这叫经验。

独处，是一个人生命最美的时光。

善积福，德聚财，知足感恩，万物眷顾。

一个人可以骄傲、可以自豪，但不能自大。自大，是一个人成长最大的障碍。

每个当下都是圆满，如果你懂得珍惜。

成长的核心是觉知，一个人如果不成长觉知，一旦独立性增加，就自大十足，接下来带来的就是破坏性的行为。

一个人如果没有觉知，越独立，越棘手，所有的美好都将被破坏。

没有觉知，一定是混乱的。混乱，带来的常常是误判，无数的误判就是一个人不幸的命运。

用心，是每件小事背后的品质和能量，这叫有灵魂的声音。

终极的解脱，就是宽广的慈悲。

无论发生什么，升起心中的慈悲，与慈悲共鸣共振，来自内心的慈悲，是一切的解码。

痛苦和苦难有其本身的价值和意义，你能觉知地观照和勇敢地面对苦难，祝福就会来到你的生命里，将改变你的人生。

在自己生命的痛苦中学习，是生命成长最快的速度。

失去内心的和谐，一切的行为都会是错误的。付出任何的行动或做出任何的决定时，请先找回内心的和谐，人对了，事就对了。

有一天，所有人类种族的基因汇集在一起的时候，那是宇宙意识光芒的聚集点，每一个人都是神圣交融的代表，透过人性而迈向神性。

今天的量子科学进入了灵性世界，科学与佛陀不期而遇，不管科学攀登到何等高度，却发现，佛陀早已在那。

要解决你所有的难题，唯一的方式是扬升你的能量，修行是每一个人此生最重要的事情。

无论是有人等你回家，还是你独自行走人生，都没有绝对的好坏对错。有人等或许有温暖，独自走或许有潇洒，关键是自己有幸福的能力，你对自己的人生有话语权。

虚荣，会让一个人无法真正地爱自己，爱他人，其背后只有防备和表演，在关系中消耗自己和对方。

地球从太阳中出生，我们从地球上出生，太阳是我们的曾祖父母，所以，太阳上所有的发生都会振动我们的细胞，我们的每一个细胞都来自太阳，我们每一个人都是太阳的一部分。

我们都是太阳的后代，所以活出太阳的光辉，是每一个人的意图和初心。

我们谈论星球，并不是平庸理解的占星小迷信：我的女儿什么时候结婚，我的儿子考上哪所大学。

这是一门完整的科学，如果我们有谦卑，就是最好的修行。

望星空，看自己，了解你生命的本质，与生命的本质合作，而不是对抗，就是修行和改运。


你现在的样子是昨天和明天的共同体，你无法改变昨天和明天，但可以改变现在。

改变在当下的每一刻发生，只是一个选择，这是活着根本的意义。

我们的双脚站在过去的肩上，我们的双手放在未来的肩上，过去、现在、未来是一体的。


人类是这个世界最智慧的生命，而今天的人类用自己的所谓聪明才智失去了生命曾经拥有的那些珍贵的东西：内在的直觉、幸福感、满足感、整体感、喜悦感。

我们用聪明才智创造的是生命的困局和挣扎，回归生命，是唯一的路。


丰盈的深秋自成诗，
丰盛的人生在心态，
活过外在重复的世界，
觉知内在无限的生命，
品尝自由自在的真谛。

任何时候，
退一步，
带着觉知去见证一切的发生。


整个人类，
已经来到了一个非凡的时代。
每一个人，
都将从无意识的黑夜走向有意识的黎明。
这个伟大的时代，
扬升的能量，
正在考验着每一个人的灵魂，
正在考验着每一个人的德行。


在人类意识成长的旅途中，
必定会发生很多的事情。
生命从来都不是一条直线，
我们需要透过一切的混乱去看到本质，
透过发生，
成长我们自己，
就是王道。


见证，
可以帮助自己临在，
让自己成为一面纯净的镜子，
不去变成一块海绵，

避免吸收他人的混乱，
也不为任何人的混乱买单。


每个人听见的，
是他只能听见的。
在那个当下，
他的频率只能让他听到，
他频率对接的声波。
所以，
对于任何的误会，
沉默，
是无比智慧的态度
沉默是实相，
其余都是幻象。


活着，
没有感受到充实和满足，
做再多的事情，
都是没有意义的。


改变命运的核心，
是你，
改变对生活和生命的态度，
所有的改变，态度是关键，
没有态度，一切都免谈。

欢笑，
是生命当中最重要的事情，
如果你无法欢笑，
去觉察是什么阻碍了你。
很多时候，
我们常常想让他人高兴，
而牺牲了自己的欢笑。
事实上，
我们无法控制任何人的心情，
唯一能做的，
就是调整和改变自己。


修行，
就是认出自己的过程。


你去研究改变任何人，都是跟修行无关的，而跟小我有关，小我就是：不管你需不需要，我都要帮助拯救你，让你看见我。

很多人，动不动就想去分析完善别人，这是强迫症，源于内在巨大的恐惧。


善，是一个人的魂，
失善念，魂不守舍，魄力难在。
善念，是初心
初心，是归途，
初心，是回家的路。

善不在，常常迷路，
以善养德，
以德养天下。

苦难遇到感恩的人，叫财富。苦难遇到抱怨的人，叫不幸。宽容友善地对待所有的发生、一切的发生，都将是圆满你人生的来源。

对任何人的宽容，都是对自己的厚爱。

人生不求走直线和捷径，事缓则圆。

成长，
不是为了改变他人，
也不是为了改变世界。
成长，
只是净化和重建自己生命的能量场，
如果一个人的能量场被净化和改变。
无疑，
他的良知也被净化，一个净化的心灵，
带给世界的一定是和平。

神圣，

是某种，

伟大而看不见的源头。

生命，

是从那个神圣源头而来。

这个世界，

唯一神圣的是生命本身，

看见自己的神圣，

是一生的修炼。


宝瓶时代的到来，

是一个万众觉醒的时代。

无论你做什么，

利众生，

才能扬升，

利众生，

是整个时代的主旋律。

万物之气始于天，

万物之形生于地，

创造创新自强不息，

至柔谦卑厚德载物，

投注你的光辉给这个世界，

利益众生成就自己。


愚蠢，

是你不在自己。

天赋的位置活自己，
去复制了别人的天赋，
木匠做了医生，医生成了木匠，
莲花想成为玫瑰，南瓜想活成冬瓜，
如此，一切只能挫败。


一个人无论你有多少技能和神通，
成功成就的根本，
都是从普通人的位置开始为人处事，
待人接物，
这是一切之基础。


在抱怨结束的地方，
祝福开始撒落在你的生命里。


能力，
是你能做什么的想法，
是你想做什么的态度，
决定你做成什么的态度，
永远是决定成败的重要因素。
一流的态度加三流的能力，
胜过一流的能力加三流的态度。

成功是梦想的体验。


和谐意味着你的心中，
有无声的音乐。
如果你在受苦，
意味着骚乱，
打破了音乐的节奏，
那个片刻，
你的生命失去了方向。


除了变是不变的，
这个世界，
唯一的永恒，
就是变。
接受改变，
是我们对自己对生命，
对这个世界，
最基本的认知和态度。
有了这个态度，
其他正确的事情，
才有可能发生。


成长的速度，
总是赶不上，
岁月的如梭，

紧赶加慢赶，
回头望去，
时光比你跑得快。


黑暗没有底，
天堂没有顶。
遇到任何事，
如果有觉知，
都是有选择的。


每个人的人生，
都有自己的喜忧。
学会在孤独中勇敢，
在风雨中坚强，
成为自己生命的摆渡人，
这是生命的一份成熟。


一只展翅飞翔的海鸥，
会看到浩瀚的自由，
海鸥的这份美丽，
没有任何荣华可以相比。


分享就是一盏灯，
点燃了另一盏灯。

如此，
不断地点燃更多的灯，
这是一种爱的方式，
没有谁有损失，
没有谁被伤害。


口渴的人，
自然会走向水井，
不是井走向口渴的人。
如果你是一口井，
你不需要担心，
有没有人靠近你。


如果你有一双明亮的眼睛，
看得清前方的路，
你不需要思考，
毫不犹豫地往前走。
生活中，
很多人总在犹豫徘徊中，
是因为我们虽然睁着眼，
却看不见内在的混乱和盲目，
才是人生根本的制约和限制。


胸怀天下，
就是整个天空都是你的，

意味着，
一个人内心的自由和无限可能，
没有斗争，
没有争抢地盘的问题。
任何时候，
自己永远是我们，
通往自由的最后障碍。

幸福药方

The Secret of Happiness

两性篇

钱、房子、家庭……无论你拥有与否，都不是问题，问题是你内在的局限和制约，它们阻碍着你庆祝生命，挡住了你前进的路。

在两性关系中，平衡很重要。彼此能量的平衡，金钱的平衡，情感的平衡，如长期严重失衡，会导致关系的混乱和矛盾冲突的产生。亲子关系是上下关系，两性关系是平等的，所以彼此的付出需要相对平衡。

两性关系中，双方如果可以看到彼此的不同，允许并接受对方的特点，且明白这个人不可能满足你所有的期待，由此，你不容易失望和难过，你的允许会让你放松和扩张自己，美好将随之而来。

受害者往往比加害者对关系的破坏来得更猛烈，特别是在两性关系中，受害者常常将自己放在"圣人"的位置来声讨那个"罪人"，这种撕裂带来的是对自己的践踏和对彼此的伤害，无一利而有百害。任何事情的发生，立即跳进对错的评判中，那是孩子的游戏，不是一个成年人的所为。

婚姻是帮助彼此行走的拐杖，在困难的时候可以借力，而完全依赖拐杖，只会削弱自己的生命力。彼此独立行走，在旅途中有一份连接，是一个美好的方式。

生命是整体，总在两极运作，就像一棵树，树向上长，根往下扎。人也一样，男人是天空，女人是大地，女人需要透过男人达到一个高峰，男人需要扎根于女人、根植于地，彼此是一个整体。整体是优美而充满活力的，局部是缺失生命力而枯萎的。

如果我们可以接纳所有的存在，相同的叫朋友，互补的叫亲密，那么，我们所有的遇见都将是成长和扩张自己生命的来源。

每段关系，无论是一对一，还是一对多，都有各自的系统，都有各自的序位。了解系统大过个人，才能得到系统的力量和支持，明白序位是神圣的，才能在自己的序位上，讲对话，做对事，才懂得尊重系统，尊重序位，尊重他人，这份谦卑会让人更闪亮。

"我比别人更正确"或"我比别人更优秀"的念头只会阻碍自己的成长和局限自己的视野。

一切美好和本质的成长都来自整体和系统的发生，不是个人所为，个人的努力只是其中某个元素，所以谦卑是需要的。

在两性关系中，我们会面对彼此生命最美好的和最糟糕的两种品质，所以，两性关系是人生最艰难且挑战最大的一种关系。

任何关系，界限很重要，越界即无礼。失去了尊重，再深的爱也是伤害，人与人，家与家，国与国皆如此，界限即主权，是原则问题，尊重他人的生活方式、人生命运和生命的独特是一个人的基本素养。

你被邀请来到了这个世界，你是存在的一部分，你是伟大生命的代表之一，你是生命的爱人，生命一直在照顾你，放下你的担心，为你的生命去庆祝、歌唱。

久别的朋友相逢，弥漫着喜悦。通常，我们会把焦点放在朋友身上，不断地讲话。而错过喜悦，那种心中升起的喜悦，被苍白的言语打破，很快就离去了。所有的喜悦都不来自外在，借朋友的相逢，而帮助我们看到了内心的喜悦、愤怒、悲伤、恐惧。每一样东西都是如此，这一切都一直隐藏在我们的内在，一切的外在都是客体，不是致因。在你人生中所有的发生，也都一直隐藏在你的内在，只是透过外在的客体帮助呈现了出来，去看到内在所有的致因模式，你就明白了自己，也就了解了世界。

快乐是暂时的，祝福是终极的，无须依赖快乐，升起心中的祝福，天长地久，生生世世，这是一个伟大的旅程。

两性关系中，对于婚外情最好的报复就是：让自己过得美好。
一个美好的生命才有宽恕的力量，才有和解的能力，才有建设的源泉。

进入一段关系，只有心对心，深度对深度，投入所有的能量，如此，才能向前推进，彼此成长。否则，部分保留，部分投入，会制造出裂缝和失衡。

伴侣之间，尊重彼此的命运，允许彼此成为完整的自己，包括那些不完美的部分，如此，带给孩子的是自由的人生和绽放的生命。

关系中，最重要的是舒服，而不是对错。

无论是友谊还是敌意，如果有智慧，敌意也可以具有建设性，如果没有智慧，友谊也会有伤害性。

人们彼此靠近，却无法理解、无法沟通、无法交流。
喧嚣的城市里，热闹的人群中，彼此擦肩而过，却是那么陌生，人们内在生起的是深深的孤独感和疏离感。

通常，人们迷恋一个人，以为是爱上了这个人，如果这个人很快成为你的人，所谓的爱情很快就消失。如果在追求的过程中障碍越多，强大的自我会感觉爱情更浓烈，越被拒绝，越紧张，越迷恋，这一切都是自我的迷恋，自我的紧张，自我的战斗……如果最终也没得到这个人，你的迷恋会被称之为永恒的爱情。

有迷恋，就会有厌倦，如果你很快得到一个人，很快厌倦这个人，你的迷恋不是爱情，是延迟的性。你表面在谈恋爱，性却在背后积极准备，想占有某个人，都是性的驱使，爱情没有占有，爱情是带着爱，带着尊重，宁静地出现在一个人的生命里。

过去的女人，婚姻是人生的唯一选择，因为没有独立的经济能力，生存摆在了第一位。今天的女人，感情的归宿不再是人生的唯一，有了更大的自由度，可以结婚，可以离婚，可以单身，也可以另寻良伴……更大的自由度也意味着考验和责任，以及勇气……无论你在婚姻里，还是在婚姻外，对于情感和关系，事实上没有任何教科书和理论可以教你如何做，我们经历感情，面对人生，如何健康地生活，需要我们走向内在，去探索，去成长。

对男人最佳的肯定，就是敬重并感激他对女人的保护和经济上的供养；对于女人而言，则不一样。女人有较稳固的地位，因为胎儿需要在母体内生长，女人可以把新生命带到这个世界，没有女人，便没有家族的延续和社会的形成，女人长期的这种"被需要"是男人缺乏的。所以，女人，需要懂得及时肯定和欣赏男人的付出，告诉男人对家庭来说，他是如何的重要，这对维护两性关系意义深远，否则，男人在家庭中的意义只是提供种子而已，这会让男人很挫败。

性保障人类物种的繁衍，爱维系伴侣的心灵，甚至是两性关系中的一切，如何爱与被爱是生命成长的核心主题……否则，常常是春天开始，在寒冬结束。

爱情，常常随着蜜月的结束而结束。在婚姻中，双方都理所当然地认定对方不会轻易离开，于是，压抑已久的自我开始爆发，把最真实、最丑陋的言行丢给对方。最后受伤的是自己，接着，人们又以各种方式逃离婚姻，其真相是逃离自己。

一个男人的内在有一个无意识的女人,一个女人的内在有一个无意识的男人。意识和无意识是相反的两极,其间有一个拉力,这个拉力太紧和太松都无法生出智慧,都不在道中,这也是我们人生和男女关系中的困难所在。拉力太松,生命会过于放荡;拉力太紧,容易断裂,人会分裂。如今,世界的现象是西方太松散,东方太紧绷,合适的拉力是平衡的智慧,也是生命平衡的脉动。

幸福,是每个人所期待的,人们以为有更多的钱就会更幸福,其实不是。幸福是一种能力,没有幸福的能力,有再多的钱,你也是挣扎的,多余的钱只会成为你多余的负担,缺钱的时候又会引发你内心的自卑,这一切都是因为你缺乏幸福的能力,带给自己和他人的自然是难过。有钱没钱安顿好自己,照顾好自己,不去抱怨任何人,一个有能力照顾自己的人,是一个幸福的人。

"我的难过……你负责!"这样你会永远难过!每个人都是自己人生的编剧、导演和主角。

一个不尊重自己父亲的男人,会特别傲慢自大,由此而常常挫败;一个不尊重自己母亲的女人,在任何的群体或系统中无意识会常常搞破坏,而让自己孤立无助。

在两性关系中,所有的逃避都是对童年内在创伤的逃避。在两性关系中,小时候的内在伤痛,会一次次被带出来。

如果我们能了解伤痛不是伴侣带给你的,不去指责任何人包括自己,而是去照顾好自己,允许伤痛呈现,这就是一种成长。

在两性关系中,彼此给对方制造的牢笼,让大家很挣扎。如果有机会逃出,没有觉知,又再一次陷入新的牢笼,这就是痛苦的轮回。

传统告诉我们婚姻是终身大事,今天有人说婚姻只是小事,除了生死别无大事。那一生都活在这些小事中到底有什么意义?人生透过每一件小事在修为自己,在彰显生命的光芒,这就是大事。透过无数的小事,成就生死之大事,成就灵魂之不朽。不管走哪条小道,最后,走到浩瀚的生命源头,这不是大小事,而你是存在之本身,透过每一件小事修为自己,这是一生中最最重要的事。

一个男人,如果跟母亲生命内在的连接中断,他无法活出生命的温暖和建设性的能量,所有的力量都是坚硬的,缺乏阴柔的力量和扎根土壤的能量。生命没有根基,人生走到一定的高度,自然无力承载而倾倒下来,在努力建设和无意识破坏中不断轮回。

两个痛苦的人在一起,他们的痛苦不是加法,而是乘法,痛苦会增加无数倍,忘掉你刻意的善良,让自己成为祝福,这是对孩子最好的给力,比任何的教育方式和技巧都来得直接,对孩子积极正面的影响是终身的。

妻子不痛苦，丈夫很难关注她；孩子不生病，妈妈的心思很难聚焦在孩子身上。人们投入大量的痛苦，来获得关注与爱，这样的模式从童年就开始了，因为痛苦使人们备受瞩目，人们不容易伤害一个痛苦的人，却一不小心就伤害了一个快乐中的人。人们一直玩着这样的游戏却不自知，投入这么多的痛苦成本太大，走出旧有模式，跟这个世界建立正向的连接，打理好自己的情绪，成为你世界的主人，这是活出你生命正确的方式。

与自己谈恋爱，这是你在尘世中与任何人谈恋爱的前提，一个无法跟自己谈恋爱的人，他无法跟任何人恋爱，结果只有伤害。对自己耐心一点，感觉自己的独特性，在内心为自己的生命庆祝，让春天在你的内心流淌。

深入生活，你会懂得自己；深入关系，你会更有能力独立。

如果你不能把美好带到你所在的地方，至少不要带去你的抱怨……这样，你会开始幸运。

诗歌、书画、舞蹈……世间一切的美好或许不完全来自女人，却源自阴柔心灵的创造……未来的岁月，阴柔之美将会得到巨大的提升和扩张，这是万物一体，和谐无间的前奏。四海一家，存在本是一家人……一草一木的动静都影响着遥远星辰的变化，观照自己的言行，守护自己的心灵，每个人都在影响着这个世界。

两个痛苦的人走到了一起，痛苦会翻很多倍，这是无数人的一个现状。

在痛苦中双方都以为这个痛苦是对方带给自己的，于是，痛苦愤怒之余会不断指责和攻击对方，如此一来，痛苦会不断地滋生和蔓延，这样的痛苦最后就变成了凄惨。

我们需要明白，所有的命运都是自己的选择，其他人只是配合你演出罢了，你自己才是主角。特别是在两性关系中，夫妻各自看不见自己的人生模式，只是不断指责和抱怨对方，这样的生命能量，只会让下一代生命匮乏而贫穷。

富养孩子，父母需要从自我修行开始，不只是为了孩子，也为了自己不辜负生命，走过而不错过友谊。

如果你有能力飞翔，没有人可以阻挡你。

富养孩子，夫妻从彼此感恩开始。


我们习惯性的互动模式是否定评判他人，这背后的真相是我们不想看到的部分，我们就去否定，这不是友谊，也不友好，更没有尊重。不管处在何种场合，让自己处在自然状态，实事求是很重要，放下你的否定，可以放松我们自己。


每个人都需要有自己的私人空间和时间，特别是两性之间，很多时候，人们是通过枷锁式的方式来传递自己的爱，去禁锢对方，这会让彼此都很挣扎。


帮助或协助任何人，前提是须接受对方的命运和现状，否则，所有的作为都将给彼此添乱。

打压女人的男人内在是恐惧的，欣赏肯定女人的男人是温暖而有力量的。

明白自己是谁，才能了解别人是谁。

简单地以好坏对错来看待一个人或一件事，这是孩子的评判标准。任何事情的发生，其背后都有其复杂的原因。有时，一个人的人生轨迹已超出其个人命运，有更大的动力在牵引，客观地看待和尊重事情本身，有助于走向建设。

生命在两极间移动，
男人与女人，爱与恨，白天与黑夜，幸福与痛苦，每个人都在神秘生命能量的移动中，
每个人的生命中都会发生一些事情，没有人有谴责他人的权利，
因为我们很难了解事情的真相，
我们往往带着自己预设的想法和片面的立场，
在那说着事情表面一些无关痛痒的东西。
无论是失败的努力，
还是成功的结果，
都值得我们尊重，
最终，一切都将朝着生命和解的方向移动。

两性关系的痛点、艰难和局限大多从原生家庭而来。
在这段关系中，我们彼此无意识都想从伴侣身上来化解跟父

母之间的纠葛。

我们带着对原生家庭那份盲目的爱，常常在两性关系中像一个无助的孩子来面对彼此，自然是艰难和挣扎，然后，彼此再破坏关系。

两性关系有效的建设，唯有彼此接受和尊重对方的原生家庭，尊重彼此的界限，尊重彼此人生的不同，不去拯救任何人，每个人都负起自己的责任，去成长自己，去化解自己跟父母的纠葛，唯有这样，真正的两性关系才开始建立。

否则，所有的靠近，只会让彼此挣扎，所有的亲近都是表面的。

一个人是否活明白，两性关系这面镜子可以照见你。

婚姻是一所"自知之明"的学校，在这所学校里有两个求学的学生会看到自己曾经看不到的种种面相，如果想在这所学校里成长，有所收获，求学的两个学生需要的是真诚接纳彼此原本的样子，学会跟生命的任何状态去共舞，在混乱中舞蹈，在和谐中舞蹈，在流动中舞蹈。

这是修行最好的道场。

如果你对别人的好，让对方恐惧，我们需要的是去了解自己的那个好的真相是什么。

不对亲人抱怨和挑剔是一种教养和修为，即使是亲人，也没有那么多"应该"和"不应该"，这些所谓的"应该"和"理所当然"是一种软暴力。如果对方让你难过，一定是你也让他很挣扎，人这一生，没有别的路可走，只有一条路，那就是透过别人修为自己，早明白，早解脱，早明白，早幸福。

跟这个世界交流，跟每个人交流而不争论，你就在道中。

幸福的家庭，女人是被尊重的，女人也有更多的话语权；越贫穷的地方，女人越不被尊重，幸福与和谐自然不在。女人是否被尊重，是一个社会进步和文明的标志……家是温馨的还是冰冷的，取决于这个家的女主人的幸福指数……让女人幸福很重要！

想通过改变伴侣来让你的婚姻幸福的，基本上是一个梦。改变自己才有可能遇见幸福。

宽恕，是一种能力，是一条平安之路……宽恕自己，宽恕他人……宽恕不是懦弱，宽恕是一份勇气；宽恕不是丧失正义，是给正义更多伸张的空间。

幸福是一种能力，是一种感知力，幸福与你的财富状况无关。当一个人没有幸福的能力，生命是冻结的、麻木的，你给他任何东西都没有意义。

系统大过个人，任何时候懂得尊重系统，就能得到助力。

品德无法伪装，如果没有真诚，所有的品德都只是面具，一个真发火的人，他的爱也是真的。

两个正向而美好的人，带给世界的是同样的光，他们的光汇集在一起，不分彼此，让世界更闪亮，就像一个房间的两盏灯，你分不清哪束光来自哪个灯，它们已融为一体。每个人发出自己的光，这个世界因为有你更闪耀。

如果你无法看到生命的光明面，无法看到那个好的部分，任何时候，你都看向负面和黑暗面，总在抱怨、指责、发牢骚、说不，总能在某个地方找到某个错误，那是因为你无法看到自己生命的美好，如此，你无法遇上美好，你在自己的周围制造出一个地狱，每一件事你都会认为是错的，因为这是你的取向，你怎么可能快乐和幸福。

爱和独处并不矛盾，当一个人想独处的时候，另一个人以为爱不见了或被抛弃了，这是一个内在分裂的文化。有能力独处的人，爱才是一种力量和支持，爱和独处不矛盾，也不对立，两者对生命都具有重要的意义。

对与错，是与非，好与坏，得与失……通常我们很容易从某一端来评判一件事情，然而，无数事情的发生都并不是那么简单。好不好，对不对，这是孩子的评判标准和认知，不管发生什么，如果每个父母可以选择站在生命的角度来感受孩子的生命，复杂的事情会变得更简单且清晰。

执着于对错，就是执着于痛苦。一个执着于对错的人，在他的内心总有一个错误的自己，对自己的否定，会让一个人在对错的证明中挣扎和痛苦。

理性是一个水平或线性的思考认同的过程，从 A 点到 B 点，在一极运作，而生命是辩证的，从正反到统一，从彼此到整体，由挑战到张力，到成长和蜕变，到生命更高的层面，生命所有的可能性都是由对立面打开的。男人和女人的相遇，打开了爱情之门；阴阳的相遇创造了太极，创造了和谐。一个走极端的人，只会把生命带进死胡同，我们需要透过万事万物的共性来引领我们前行……普通，平凡而不特殊，这是万事万物的共性。

成长中的女人是天籁的祝福。

夫妻关系是修行最大的道场，夫妻以外的两性关系，彼此更多的是示好，没有锅碗瓢盆碰撞的两性关系，更多的是表演，不是生活。

恋爱中的人是幸福的，而婚姻却不一定，那是因为恋爱有更多的不确定，有更多的流动和自由；婚姻中更多的是失去自由的确定感，彼此的控制和双方的不流动，仅此，就摧毁了生命的美好与幸福感。

无数的婚姻粗鲁地杀死了浪漫的爱情，如果我们可以把感激和友善带进婚姻，爱情会真正降临。

性是生命能量的一种应用，一种生物的流动，没有它，生命无法存在，它是生命能量最低、最基础的应用。性也是生命能量一次更高转化的机会，如果性变成了你的全部，变成了你生命能量的唯一通道，它就变成了破坏性的……你只打了地基，没有建房子。性不是生命的目标，只是手段，我们滥用手段，整个目标会遭到破坏。

伴侣关系的成功，源于我们跟父母关系的成功，对于我们的父母，在我们的心里，要么抱怨，要么亏欠，极端的状态让我们很分裂，抱怨让我们切断了来自父母的爱，亏欠让我们无法承接生命的力量往前走，我们无法还回父母带给我们的生命，平衡内心的亏欠最好的方式是把爱传出去，首选是你的伴侣，我们把从父母那里得到的一切恩典传递出去，事业的成功概率就很大，还需要对父母心怀感激……这是所有事业成功的关键，也是伴侣关系成功的来源。

很多时候，我们会把童年的期待和需求要求伴侣来满足我们，如不能满足，我们就会有很多的抱怨和指责……我们可以表达需求，不代表我们有权利要求对方，要求对方是孩子的所为，邀请对方是成熟的表达，任何时候，我们有权利表达，同时，对方也有权利说"是"或"不"。

随着现代文明的发展，全世界的人药物的使用量正在达到一个高峰。人类正陷入一个困境之中，人们面临的是前所未有的挑战，有钱没钱都活得艰难，人们表面谈论着爱，内心却充满着怨恨，亲子间，夫妻间，彼此挣扎着相爱，表面保持着微笑，内心充满着泪水。我们无法对自己真诚，对彼此真诚，对生命真诚，人们被捆绑在自己思想的枷锁里，再好的药物也帮不到我们，勇敢地面对自己，真诚地面对生命，开始内在的旅程，这是唯一的解决之道。

明天，对于任何人来讲都是不确定的，今天爱你的妻子或许明天走了，今天爱你的丈夫或许明天爱上了别人，今天你很有钱或许明天你的钱都去了别人的账上。明天的不安全感在困扰着无数的人，我们为了明天浪费了今天，为了未来牺牲了现在，日复一日，年复一年，每天都在为明天做安排，所有的明天来了都是今天，日子只在今天，没有别的日子。你能活出今天的生命品质，明天你就没有遗憾。

伴侣，通常是彼此的师父……这个人提供你生命成长的机会和适合孕育你的土壤……自然挣扎和艰难也会伴随其中……当你明白这个真相，除了感恩就是释然。

两性关系，真诚很重要。没有真诚，所有的作为都是徒劳，两个虚假的人表面的彼此靠近，内心却隔着千山万水，假装彼此相爱，爱只是一个义务，彼此没有真正的祝福，生命只是一场浪费……真实、真诚有风险，然而，活出自己，在风雨中不倒，冒险是需要的。

幸福的婚姻，是自己在对的时候，在对的时间，找对了人；不幸的婚姻，是在自己不对的时候，在错误的时间，找错了人。一切的幸与不幸，源头都是自己，自己对了，结果就很难错。

两性关系的困难，全世界都有同样的难题，一个男人和一个女人相爱的背后，智慧的真爱是那么稀有，童年伤口致命的吸引常常被误以为是爱，成年后的身体常常携带着内在那个没有长大的孩子，到处寻找代理父母。一见钟情走到一起，爱得死去活来，以为没有对方自己就无法活下去，还误以为是伟大的爱情，真相是虚假的认同，一个失去了自己的人，爱的能力是冻结的，这些伤口互吸相爱的背后，是恐惧、挣扎、对抗、怀疑、指责……最后彼此伤痕累累地逃离，旧伤新痛全被带了出来，唯有勇敢地走向内在，自己成长，才有能力进入关系，真正拥有两性和谐的关系。

我常常会在课程中，听到父母投诉自己的孩子如何不乖，妻子或先生投诉自己的伴侣如何难为自己，或许这些投诉人的难过都是事实，在这里我想说的另一个事实就是：这个不"乖"的孩子的父母对孩子没有爱，只有控制；那个难过的妻子或先生对伴侣也没有爱，只有抱怨。所有的关系都是镜子，当你能感受到对方的好，一定是你的好在先。在爱的关系中，彼此之间有真诚、支持和尊重！

遇到问题，你不再抱怨指责任何人，而是选择调整和成长自己，意味着你人生的春天真的到来了。

眼里揉沙，整个人都会上下不安，取出沙子，你会瞬间感觉如释重负……沙子如此渺小，却影响你整体的状态。生命是由许多小事组成的，成长也是一样，你小小的改变，就能推动你整个生命。

在亲密关系中，如果每天我们有很多的对话都止于表面，无法进入生命，这样给我们人生带来的是更多的压力，而不是对生命的滋养和支持。

一个人的自主空间有多大，他就有多大的责任，我想要更大的自主空间，而我却不想负责任，最后，所付出的不是责任，而是代价。

荣耀、尊重并赏识你的伴侣，是伴侣关系的基石，做到很难，却是一条最好的修行之路。

有时，需要一个仪式，来表达一份深情。对女人是一种浪漫和温情，于男人是一种情怀和担当。

两性关系的相处之道有无数法门，然而，彼此的欣赏和尊重是一切法门的基石，如失去这两者，幸福很渺茫。
失去欣赏与尊重，就遗忘了幸福和美好！

拥有爱情是每个人的理想，经营婚姻是每个人的修行。如今，白头到老的越来越少，成了人们的奢侈品。

事实上，你跟谁谈恋爱，你都需要有能力跟自己谈，你期待跟任何人白头到老，你都需要有独立的能力，否则，一切的理想和期待带来的只会是挫败。

没有绝对理想的婚姻，否则，男人全成光棍，女人都得单身。理想的婚姻是彼此在将就中看见自己的盲点，然后借对方完善成就自己。

一句话，理想的婚姻，就是在将就中成就自己，往往你的痛点就是你的盲点。

生病，是一个人把自己的能量消耗变成了负数。

再次补充能量的方式，就是让自己静下来，好好照顾自己，直到充满了电，生命的活力回来了，疾病就消失不见了。

读万卷书不如行万里路，是因为读书不会跌跤，走路难免不跌跤。读书学的是别人的经验，并没有体会，走路是自己的体会，自己的经验。

有时跌跤难免会有挫败感，正确对待挫败感，就是人生的动力，就是推动生命成长的驱动力。

在情上吃过亏的人，会更成熟，更有生命的底蕴。在钱上吃过亏的人，会更懂得善待善用金钱。

行走人生，每一步都算数。

每个人都想有个家，如果你无法走出原生家庭，你就无法拥有家，即使你自欺有个家，彼此在一起并不是家人，只是一个屋檐下的两个熟悉的陌生人。这是无数婚姻挫败的根源。

嫁给爱情不易,
婚姻美满艰难。
无论是不易还是艰难,
都不是彼此的错,
而是彼此看不见对方。
关系的关键,
就是彼此的看见。

女人需要倾听,
女人不想被修正,
如果男人明白这一点,
所有的事情都容易很多,
跟感性的女人讲道理,
麻烦就开始了。

很多时候,
女人失去自己,
是女人生命中最大的危机。
女人太自我,
所有的美丽都不见了,
这对世界来说也是重大损失。
女人可以有力量,
同时是柔软的,

这是世界最具建设性的力量。


人们总是跟爱人在一起的时候，
体验着生命极度的痛。
那个爱总是夹杂着痛，
那是因为在爱中，
你最接近的那个人是自己，
你透过对方看见了自己。


很多时候，
我们总是觉得，
别人是我的地狱，
我所有的难过，
都是别人造成的。
事实上，
那个别人尽了各种努力，
只是失败了，
我们每个人，
都是其他人心中的别人。
如果我们愿意在地狱中，
多走一步，
或许就走进了天堂，
这是两只天堂鸟的祝福。

幸福药方  The Secret of Happiness

# 亲 子 篇

每个人都会犯错，错误，不等于罪恶，我们需要了解这其中的差别。犯错，不需要谴责，需要了解犯错背后的原因，同时，需要为结果负起责任。行为的错误，不代表人是错的，每个人都是老天的孩子，存在的荣耀，如果我们能够接受犯错的孩子生命原本的样子，是对孩子生命最有力的支持。

敬重父母，是每一个人与生命和谐相处的前提和方式。

如实地接纳父母的一切，而不是带着评判去服从，叫臣服。

唯有臣服和敬重父母，才能让一个孩子回归大地，扎根自己，行走远方。

那些对母亲有愤怒的人，在工作上对待客户也会有愤怒。一个人对待母亲的态度，就是对待工作和事业的态度……对母亲愤怒，就在对你的财运愤怒。

有一句话很重要：诚实地面对你的过去，你就会免于轮回……在孩子成长的过程中，男孩恨父亲，女孩恨母亲，这是无数孩子曾有过的心理状态，然而，你问长大的每一个人，他们都会说：我一直都很爱我的父母……这意味着不诚实……记忆有错误。

祝福的能量源自母亲，内心感恩母亲，心中就有祝福。

盲人在引导盲人，这是家庭教育无数父母跟孩子的现状，以盲导盲，帮倒忙，这是一个危险的游戏，代价是千秋万代的，父母的学习和成长是人生所有成功中最重要的成功和基础。

如果你挣扎地走在成功的路上，或许需要暂停你的脚步，关注内在的动力，外在所有的成功……都是内在成功的呈现，而最伟大的成功是你得到了生命，没有这个成功，其他的成功都不存在，所以，臣服母亲，敬重母亲，是所有成功的基本动力。

每个孩子的出生，都是与母亲生死之交的合作……母亲在生死边缘挣扎把孩子带到这个世界，孩子拼尽全力来到这个世界，这是一份生死之交合作的成功，如果我们能对这份伟大的成功心怀感恩，并铭记于心，你人生所有的成功都将不再艰难。

生命内在的净化和成长对所有的人都是一个祝福。

所有人都在自己的力量里，相互合作却不合并，秩序是完整的，结果是圆满的。

孝心，是做任何事情成功的核心，真正有孝心的人，他才会敬天爱人，他才有能力专注他的工作和事业，迈向成功。

一个孩子，需要母乳，更需要母亲的关怀，食物可以多样化，母爱无法替代。被母亲忽视、冷落的孩子，他会失去对自己的信任，失去生活的动力，生命内在的成长就停止了，被母亲需要，是每一个孩子的童年最大的需要。童年被母亲忽视和冷落，是无数人一生的痛！

父母把一个孩子带到这个世界，这是一个生物性的出生。孩子生命内在的成长那是一个灵性的出生。一个人没有灵性地出生，只是一台机器，童年的孩子，唯有透过爱才能激活他生命内在的灵性。

有千千万万不同的母亲，她们有不同的养育孩子的方式，而千万个母亲都有一个共同的点：就是她准备好了，让你经过她来到这个世界，这不是一件小事，这是你今天所有成就和美好最根本的基础。母亲是生命的桥梁和来处，母亲把生命这个伟大的礼物带给每一个孩子，让生命传承生生不息，虔诚地祈祷每一位母亲吉祥安康，幸福美好！

母亲跟孩子的连接来自肚脐，这份关系是这个世界最永久和最深入的关系，称之为"友谊"。友谊比爱更深入和持久，爱随时会结束，友谊不会结束；爱有束缚，友谊意味着自由；爱可以占有，奴役他人，友谊不会扣留任何人，更宽广。当孩子能感受到跟母亲来自生命中心最深的连接和友谊，有一天，孩子会与宇宙的中心连接，与生命的源头连接，与这个世界保持着一份友谊，如果这个世界的各种关系都能把这份友谊带进去，师生之间，不仅是智力的关系；情人、夫妻之间不仅是爱的关系；合作伙伴之间，不仅是利益的关系，都有一份友谊在其中，你的世界就开始苏醒，花儿盛开，鸟儿高歌，太阳东升。

一个尊重女人的国度是文明的
一个敬重母亲的家庭是幸福的
母亲的生命态度决定一个孩子的人生高度
母亲的温暖和光辉可以唤醒一个孩子生命的智慧
母亲是一个人内在女神的力量
母亲的品质关系到一个民族的千秋大业
祝福所有的女神如花绽放！吉祥如意！

滴水之恩当涌泉相报……涌泉之恩该如何相报。

每个父母都是孩子的源头，这份源头之恩，没有任何孩子可以回报父母。

幸福、美好地活着，是你唯一的感恩。

男孩，
透过父亲，感受世界，
透过父亲，走向世界，
祝福所有的孩子，在成长的早年有父亲温暖的陪伴。

如果你今天不幸福，不是任何人的责任，如果你觉得任何人对你的幸福需要负责任，你就成了一个受害者。真相是：这个世界没有任何人会尊重受害者，在两性关系中，受害者往往比所谓的加害者对婚姻更具破坏性，带给孩子的是毁灭性的打击。我想献给女人的一句话：当一个人有能力为自己负起责任，就没有受害者，只有责任者。

妈妈是受害者，孩子就是乞讨者；妈妈是皇后，孩子自然是太子。

女人或母亲及时的成长是需要的，这将决定一个孩子的命运，影响一个家族和民族的兴旺。女人比男人更具建设性，反之，也更具破坏性，关键是觉知。

父母留给孩子最好的财富，是你对生命的态度，在生命面前，你唯有敬重、感恩和谦卑。

懂得故乡的美，懂得母亲的美，才能明白自己的美。

完美是一种无聊，尊重每个生命的个体差异，就是祝福，就是道……道是无形的……无形的道孕育了天地。

对父母任何的不满，都是我们的内心还想从父母那里得到某种东西，这是童年的缺失，形成了成年后的匮乏。即使父母今天再给你，你也收不到，那是因为你对生命有误解，如果你能理解父母他们在那个当下已经尽力做到了最好，这样你会更有力量面对挑战，人生开始转向美好。

家庭教育的核心，是父母允许孩子做自己，允许孩子独立、自由地思考人生，不给孩子压力和固化的制约。

父母与孩子分享自己生命的经验，让孩子能够从中找到自己的纪律，这叫自律。这份自律也是孩子献给这个世界唯一真实的爱。

母亲，
在她四十岁的时候，
把我带到这个人世间，
在我四十岁，
母亲八十岁的时候，
我守护着母亲，
她回到了她最终的家，
母亲不管在哪里，
母亲永远在我心里。

生命不可重复，哪怕一棵小草也一样，明白这一点，我们会敬重天地万物，敬重每一个生命，敬重人类的每一个孩子，这是教育的起点，也是生命的情怀。

**俗话说：**家有一老是一宝，家中老人是天德星，敬老，就是修厚德。父母是天福星，孝敬父母即增加儿女的福报。伴侣是天吉星，夫妻和睦，处处吉祥。儿女是天贵星，爱护儿女，增长尊贵之气。这是天伦，即天地的规律。

不珍惜父母的人，他不会珍惜任何人，包括自己。

我是巨婴，我怕谁，这是无数成年巨婴限制性的价值观。你谁都不怕，谁都会怕你了，这只会让一个人成为孤岛，寸步难行。

无论是亲人还是朋友，尊重彼此的生活空间和生活方式，是一种素质和修为，也是关系和谐的基础。

委屈的妈妈没有爱，缺乏爱的妈妈没有温度，没有温度的妈妈，孩子的成长是困难的。

让每个孩子成为他自己，这是幸运和快乐的开始。

自由，就是为自己的人生，一肩挑起全部的责任，没有二话。

始终记得，孩子不是机器，是鲜活的生命，永远不要用理论和教条束缚孩子的生命，生命是无限和浩瀚的，没有任何理论可以涵盖生命。

被错误抚养长大的孩子，既没有面对痛苦的能力，也没有获得快乐的能量，要活出生命的灿烂自然很难。养育孩子，是艺术，也是科学，父母不断地成长才有可能懂得这门内在的科学和爱的艺术。

今天对于成年后的女儿，去拥抱父亲不是件容易的事，然而，这并不说明父亲不需要拥抱，每个女儿在童年的时候都渴望父亲的爱和拥抱，而中国的父亲含蓄而深沉，这也成了很多女孩子的痛，特别是上一代人。今天，我们的成长，让温暖和爱流动。

把某种观念和指令强加给孩子，这不是引导，而是误导。教育的误导是在破坏孩子心灵的家园，抛掉所有强加在孩子身上的那些应该的教条和指令，是对人类孩子的爱！

一个孩子，父母早年养育他的品质，决定了他未来生命的品质。

妈妈的温度决定孩子生命的弹性和柔韧性。

不要贬低任何人，每个人都有相同的灵魂的共性，每个人都具有达成圆满的潜力，只是开花季节的迟早，敬重他人，就是厚爱自己。

人生重要的几步往往是在拐弯处，没有任何人的人生轨迹是一条直线，而有弹性和柔韧性的孩子，会懂得在适当的时候拐弯和做建设性的调整。

现代生活已摧毁了人们自然的睡眠，人们无法在睡眠中修复活力，美好的早晨自然醒也困难。人们生命的中心被扰乱，外在的混乱就有可能发生。

胎儿出生，意味着告别与母亲一体的连接，同时，也意味着胎儿来到了一个更宽广的世界。告别与连接有关，成长与分离相连。

所有爱恋的感觉，都让我们无意识回到在母亲子宫与母亲结为一体的那份记忆中，然而，今天我们的精神和灵魂无法回到那个胎儿的状态，所以，痛和失落会随之而来。

用你的耐心，接受人生一切的敲打声……最终碳石成了钻石。

"这个孩子多可怜！"这样的话，对任何孩子说都有百害而无一益，孩子能来到这个世界就不可怜，发生任何事情，面对、接受就能带来正面的意义和力量……可怜任何人都在否定他的力量。

如果我们带着评判去接触一个孩子，只会让孩子的生命更黯淡……不带任何评判的接触，是一个邀请，带着这样的邀请走向花，花会立即向你打开它的心。

仪式，有它本身的意义……学校有入学仪式，公司有入职仪式，孩子出生，父母会用某种方式欢迎新生命的到来……孩子天生标志着一个新生命真正的诞生，我们需要给孩子一个祝福的仪式。成人仪式很重要，意味着孩子第二次出生，从家的"子宫"走出去，真正长大成人，拥有自己的世界，父母或长者需要给孩子一些祝福的话语，孩子面对父母和养育他的人需要真诚的感恩，这会让孩子更有力量地行走于世界。

每个人都是了解生命真理的，只是忘记了它。因为失去了内心的宁静而无法觉知到，宁静是连接真理的通道，而现代人常常需要透过某种风雨而到达宁静。不要试图阻止孩子对自己生命的探索，允许孩子犯错，那是他探索真理的某种方式，是他去到宁静的某条通道。

无数的理论，一直在那里不会变，而生命一直在流动和进化，如果我们的孩子只遵循固定的理论，那就相当于是在阻碍生命的进化，我们站在地球上，看得见太阳的移动，早晨升起，傍晚落下，而曾经的古人以为太阳绕着地球转，因为人们看不见地球的移动。今天的人们不会再这么认为，因为人们看到了更大的画面，曾经的理论就不必再教条地去遵循，生命的进化一直在进入新的空间，任何的理论只是为生命服务的工具，而不是凌驾于生命之上的教条和戒律，否则，会把我们的孩子带进两难的境地。

肚脐是生命的中心和源头，生命最伟大的力量也来自这个中心——性之中心，生命透过它而来，健康的成长也透过它而来，如果一个孩子的这个中心得不到健康的发展，人生的挑战是巨大的。动物只有性，没有欲，所以动物的性有某种美感，是自然的。人类的性大多扭曲成了欲，变成了头脑的思考或某种交易，不再是肚脐中心原始的生命能量，失去了美感，整个生命被某种丑陋破坏了。在一个孩子成长的过程中，保护好孩子的肚脐尤为重要，肚脐中心没有被保护好的孩子，常常处于关闭状态，有一种很深的无力感。

孩子真心地跟父母鞠躬，才能真正地站立在这个世界，这意味你已长大成人，你是一个成年人，世界才能对你打开，只有成年人才能看到自己的世界。

生命的头几年很重要，这几年会决定一个人很长一段时间的生命，甚至影响一生……所有的基石都在这几年里奠定，善待每一个孩子的童年，这是对人类的贡献。

一个孩子，只有比父母活得更美好，才能从心里感恩和爱自己的父母，因为他了解了父母带给他生命的珍贵……不依赖父母，才会尊重父母；不轮回父母，就不会对父母愤怒……所有对父母愤怒的孩子，都将轮回父母的命运……一个不依赖父母的孩子开始真正走向成熟。

只要你幸福，我再苦再累也值得！这是很多父母常常对孩子说的话。真相是：父母牺牲自己的人生幸福，孩子也很难幸福……

孩子幸福的能力是从父母那里学习来的。


父母留给孩子最好的财富是父母自身的修为，这是每个孩子的福根。


每天，我们活在这个世界上，对自己的言行如果毫无觉知，我们就会错过生命的美好……所有的发生，每一件小事，都是我们的导师，如果你不错过，一切都会以美妙的方式呈现。


树木生长，孩子成长，社会发展……这一切的核心都是生命内在的成长。这份成长会让个人更幸福，家庭更温暖，世界更美好。


刚出生的孩子，他不知道自己是谁。孩子从空无中诞生，完全信任这个世界，无论父母说什么，从不怀疑，幼小的孩子是纯洁而无助的，他四处张望，望穿母亲或养育者的双眼来看到自己，他从养育者的眼睛里看到自己是美的或丑的，是受欢迎的，还是不被期待的……生命是雄伟而浩瀚的，不要随意有声或无声地给孩子贴标签，标签会制约孩子的生命……爱、尊重、自由是养育孩子最好的土壤。


一个新生的婴儿，他有无限的可能性，这个世界所有的门对他都是敞开的……有一句谚语：人，生于无限，而死于有限。每个人来到这个世界的时候，是无限存在本身，走的时候，只是某一个角色，并没有活出生命本身。如果我们的教育在阻碍孩子感知自己和探索世界，那么，我们就在扭曲孩子的生命，毁掉孩子生命的尊严感。

聪明的孩子比比皆是，让孩子活出智慧的人生却不容易，我们忽略了对孩子生命成长的尊重，会让聪明的孩子反被聪明误，这是令人痛心的。

孩子的美好，重要的一点是他非常的临在，面对任何的目标和挑战，他都在那里。

倾听的时候，请不要思考，如果你有思考，你一定没在听，这是交流最大的障碍。听……静静地听，你的宁静会帮助对方。

亲子教育，所有的教育和教导，是在理解、关怀、爱和温暖的前提下才有可能有效。

父亲，是孩子行走世界的力量。

家风无形，却渗透在每个孩子的血液里，是孩子命运的一部分。父母的格局，是孩子的人生，你教育的核心是什么，你孩子的未来就是什么，眼界、志向、情怀，不管哪个年代，都是教育重要的元素，你的家风中的元素是什么？

基本的事必须先被满足，非基本的可以等待，你的哲学和成就感需要为饥饿等待，否则，你所有的真理都是一种谎言，养育孩子从最基本的生理需求的满足开始，一切才有可能。

技能靠学习，潜能释放靠修炼，大的成就和成功都需要潜能的释放。

为自己负责，是一种自律，这份自律来自你对生命的热爱，让我们的孩子懂得爱，就不需要叫他如何自律。

每个片刻，生命一点一点地从每个人的指尖溜过，岁月如梭，成为一个孩子，去享受生命中所有小小的喜悦。

今天我们的教育，如果只是简单的灌输知识，就把人变成了机器。而科技迅速的发展，如今，机器人已经问世，那么人和机器人有何区别？如果我们人类的孩子没有丰富的情感世界和艺术修为，以及高贵的灵魂，我们将会比机器人更像机器人。

心与心的沟通是人性的沟通，语言的沟通如果没有心的能量是无力和苍白的，长大后我就成了你！这句话很重要，所有的孩子都在模仿父母中长大，想让孩子成人自立，请人性化沟通。

如今，我们的教育，学生为分数而学，教师为声誉而教，一切都避开了生命，如此的教育，代价是昂贵的，迟早有一天，沉重的包袱会让我们走不动路。

童年令人珍爱，然而，真正享受过童年的孩子少之又少，我们常常过度重视孩子技能的培养和知识的累积，让孩子失去了与生俱来的宝贵天赋，让孩子失去了纯真、自由和喜悦，失去了生命的创造力，所有的孩子来到这个世界，是来创造的，不是来复制的。给每个孩子足够的空间，让他们的生命能够喜悦地盛开，我们的父母和社会功德无量。

儿时的体验，令人一生魂牵梦萦，那些遥远的回音，影响着一个人的一生。善待每一个孩子的童年，是人类文明和进步的开始。

百依百顺依赖型的孩子，是来消耗财富，继承遗产的；生命喜悦盛开的孩子是来创造财富，建设世界的。

"为你好！"这三个字表面很无私，很有爱，背后常常是无礼和伤害。

"当年，是你（爸爸或妈妈）把我带走，让我成了没有爸爸或妈妈的孩子。"这段话，是无数离异家庭长大的孩子心灵深处愤怒的呐喊。我们没有任何理由或权利，以任何方式让孩子失去爸爸或妈妈，上一代的问题留在上一代，这是一份智慧和仁爱。无论婚姻状况怎样，对孩子的爱需要延续下去。

无论何种欲望，都源于我们内在的"缺少感"，这一切的"缺失"其背后都是恐惧，当欲望得不到满足的时候，不是愤怒，就是恐惧和难过，甚至在漩涡中不能自拔。童年的孩子，让其内在有足够的爱的滋养，一生都不容易有"缺失感"。

操控，不是弱点，是一种病，这将导致所有的关系都有问题，界限、尊重，所有的关系都需要。

给孩子最好的礼物是陪伴，给孩子最好的教育是尊重，给孩子最有品质的爱，是你的温暖。

一个知礼感恩的母亲，对孩子是最好的养育，反之，一个失礼爱抱怨的母亲，孩子的成长会遇到重重困难，母亲是每个孩子灵魂的温度和扎根土壤的根基，唤醒一个母亲，就唤醒了一个家族。

记住生命的源头，父母是离你生命最近的源头。

认识世界的桥梁是探索，既然是探索，其过程就没有好坏对错，所以，对于成长中的孩子，放下我们所有的评判标准，是对孩子最美的祝福。

祝福都从源头升起洒向你的生命。

给孩子一个快乐的童年，让孩子自由地活出他所有的天赋和发展他所有的可能性。

所有的父母，都想自己的孩子生命中能遇上贵人，如果父母不是孩子生命的贵人，即使孩子遇上了贵人，贵人也很难帮上你的孩子。

母亲的价值观影响着孩子的一生，具有引领性的作用……敬重生命的母亲，孩子的生命自然具有尊贵感。

父亲的品质，决定一个孩子面对世界的态度，一个孩子跟外在世界的互动，源于父亲的影响。

包容的父亲，孩子人生的道路会更宽广。

教育的核心，不是知识理论的堆积，而是生命气息的传递，对生命的敬重，对宇宙万物的敬畏，明白生命的不可重复性，感知每个人的生命那份独特的美好。

走过人生，经历岁月，茁壮灵魂。

母亲是一个人生命的起点，也是一个人生命的归处，而成为一个母亲的前提是成为一个女人。每一位母亲都源自女人，决定未来的是孩子，决定孩子的是母亲。这是一个吉祥真女人带给世界的温暖与美好。

父母养育孩子，沟通的时候要有GPS的态度，正向和建设性的引导很重要，任何时候你走错了路，GPS都会告诉你，接下来的正确方向，而不是批评你走错了。允许孩子小的时候犯错，孩子大了就不容易犯错。

你所有的成长和努力，不是为别人，是为自己。不要企图改变任何人……否则，你会很难过，改变你自己，你关系中的人会改变，但不要期待。

你的出现让你周围的人愉悦，这本身是一种合作，是你跟世界的合作，此刻，世界就在支持你。

父母留给孩子积极、正向、稳定的人生价值观是无价之宝，这样的孩子，你不需要教他应该做什么，不应该做什么，什么是对，什么是错，他走到任何地方，都懂得自律和建设自己的人生。教给孩子规则，不如带给他正向的价值观。我们更多的是在给孩子讲规矩，还是在传递父母的价值观，这有很大的不同。

赞美孩子生命本身，比赞扬孩子做对某件事，对孩子生命的鼓舞更具意义。

从小培养孩子生命的尊严感和自豪感，这会让孩子一辈子都拥有幸福的能力，这也是养育孩子的法宝。

青春叛逆期的孩子，言行常常会强烈地表达：我要自主和自由。如果已经过了青春期的年龄，还这样强烈地认为自己要绝对的自主和自由，试问你的心智年龄几岁？我们每天的言行与所属的场域和人是相互关联的，我们的所言所行对场域和人需要有所尊重，否则，人生会为此付出不必要的代价来让自己成长。绝对的自主和自由只是一个幻想，所有的人都是相互关联的。

童年成长的每一分钟都是宝贵的，这个阶段，孩子从一个较低的阶段发展到一个较高的阶段。孩子从每一件小事和每一个行为中建立自己生命的尊严感和唤醒意识的觉醒。压抑孩子的感受，会影响孩子的新陈代谢以及生命活力的呈现。

独立、自律、阳光灿烂的孩子，是每个父母所希望的，孩子童年的养育方式和父母对孩子的态度，直接影响着孩子成年后的人生态度。对于孩子，很多时候，不需要教导，只需要守护。

我们代代传承的吼叫方式，传承至今，是因为我们的父母以为这样可以帮助孩子养成良好的习惯，更自律，更自强。其实不然，因为在那个当下，孩子根本听不进父母说的任何一句话，吼叫的父母，带给孩子的是自卑和不知所措，愤怒的父母当下的智商是零，不知所措的孩子当下的智商同样为零，智商为零的父母自然说不出智慧的话语，说出来的那些话，既伤害孩子，又让自己难过……减少吼叫，避免伤害……

大树底下好乘凉。然而，大树下，小树很难成长，因为有很多树荫，阳光无法去到那里，大自然的生存智慧会让树有很多方式将它的种子散播到远处……养育孩子也一样，适当的时候，父母需要带着祝福，得体地放手，让孩子去到远方……

人生中的欢笑、喜悦和美好，往往与功利无关，如果我们太过功利或以目标导向养育孩子，就是在剥夺孩子生命最高的价值。

不要将你的孩子跟任何人做比较，怎么可以比较呢？每个孩子都是不同种类的花，玫瑰和莲花有任何可比性吗？它们有自己不同的世界，它们有自己不同层面的美，有一天，它们会开花，它们献给世界的美好是一样的。如果我们不干扰孩子，有一天，孩子们也会以自己不同的方式带给这个世界来自他们的美好。

如果你生孩子，感觉生了一个债主，你这一生会很难过，孩子不是债主，是天使，你是否有能力欣赏和享受，这是重点。

在孩子的童年时期，让孩子充分做自己，享受自己，这是我们带给孩子最好的教育。

对父母来讲，乖孩子是省心的，顺从的孩子不会有太多麻烦，然而，这不是人类真正需要的孩子，一个没有能力说不的孩子，没有整体性，没有接受性，也不可能有智慧。乖孩子所有的接受都是表面的，对世界是封闭的。

今天，是孩子们的节日，祝福天下所有的孩子：拥有家的温暖，平安、健康、茁壮地成长！同时，孩子们有机会、有空间、有自由做自己，活出灿烂的童年！

在孩子的童年阶段，给孩子空间和温暖的陪伴，允许孩子犯错，允许孩子体验他的人生，就在给孩子伟大的信仰，孩子有信仰，就不会盲从。孩子有信仰，就懂得建设自己的人生。否则，等到孩子长大，他没有自己的信仰，只有盲从，只会以错误的方式经历和破坏自己的人生，在对的时间，做对的事情，叫天时。温暖地养育你的孩子，是给孩子最好的信仰，孩子小时候你不让他哭，孩子大了就会让你哭。

我们活在这个世界的方式有很多的层次……如果你是一个无法长大的孩子，你的世界就是挣扎和狭窄的，孩子看不见别人，只能看到自己，如果你的人生需要在外在的规则之下行走，你有表面的教养，同时是压抑的；如果你为道义而活，你有某种气魄，同时也有某种迷茫；如果你明白你是宇宙的孩子，你是浓缩的宇宙和天体，你会自由自在地行走在天地之间，没有任何的身份能大过你是这个宇宙天体的身份。

每个孩子出生的那个片刻，会大哭不止，这个哭泣不是因为饥饿，也不是因为寒冷，而是因为跟母亲的分离而感到痛苦和恐惧，那个来自母亲肚脐的生命能量被切断，孩子会开始颤抖。母乳的喂养会让孩子再度跟母亲连接，这份连接是透过心，孩子透过嘴唇，跟母亲的心在一起，再一次与母亲连接与合一，如果孩子没有获得母乳的喂养，没有得到母亲温暖的养育，那么，这个孩子的生命会有深深的挫折感，内心常常处在低落的生命状态里，人生中会用各种方式寻求与母亲合一的那份内在的喜乐与宁静。

一个孩子早年与母亲的分离，他的人生很难拥有平静，时常弥漫着不安，这份不安，将来会让父母更不安。

当你尊重一个孩子的时候，孩子便有一流的聆听品质，淡定、从容、临在而敞开。

一个孩子早年与母亲的心越亲近，孩子会更健康，更茁壮。孩子太早被迫与母亲分离，将来的麻烦和挑战是巨大的，在一个正确的时间，一个特定的时刻，被满足的孩子会自己离开，这是自然法则，就像十月怀胎，瓜熟蒂落。一个孩子的成长，来自生命中心的力量，是早年与母亲心的连接，母亲温暖的怀抱会让一个孩子心之中心得到正确的发展，如果一个人这个中心得不到正确的发展，就会活在头脑的问题和挣扎之中。

一个孩子在母亲的子宫里被孕育，母亲的生命力开启了孩子的肚脐，有一种电流会在母亲和孩子的肚脐之间流动，在日后的岁月，如果孩子遇到一个跟母亲有同样电流的女人，会被深深吸引，我们称之为爱。

与其说你在温暖孩子，不如说孩子在滋养你，享受你遇见的每一个孩子，他们是这个世界最美的呈现。

父母活出自己的美好，是对孩子最好的教育。

沟通最大的困难之一，是人们常常没有耐心等待对方把话说完，人们总是焦虑不安，并没有聆听对方在说什么，只有一个念头：你快停下来，我好痛快地说。

如果一个人没有聆听的能力，即使说再多的话，对方也毫不在意你说了什么，每个人都有自己的焦虑，都无法聆听对方，这是巨大的沟通障碍。

事实上，大多数讲话的人并不知道自己在讲什么，也不知道自己为什么讲。

儿时的记忆很重要，科学家告诉我们：一个七岁的孩子已经学会了一生所有基础的东西，而他将来所有的一切，都建构在这个基础之上。未来，他想要自己改变这些基础是很困难的，如果没有专业团体的支持。

所以，在孩子的童年我们需要给他一个芳香庙宇，让他一生受益。

母亲的子宫,是孩子生命最初最温暖的家园,是生命神圣的殿堂!祝福天下所有的母亲吉祥美好!

孩子所有的叛逆,都是我们对孩子的误解,也让孩子自己误解了自己。找到一种方式,让孩子们正确认识自己,看到自己的天赋,看到自己的珍贵,看到自己的独特,信任自己,学会以美好的方式与他人交流,跟世界连接。

孩子所有的叛逆,都是因为我们常常站在孩子的对立面,以错误的方式跟孩子沟通,父母需要了解:无论孩子发生什么,永远站在孩子的立场,给予孩子关怀、勇气和力量,让孩子有能力面对各种挑战。父母切记:面对外来的任何挑战或伤害,父母是孩子的勇气和最后一道防线,在需要时,聆听孩子,永远给予孩子正面引导和支持,其结果就是,孩子自立,父母自由。

如果我们教育的导向,是在让我们的孩子以各种方式证明自己不是普通人,这会让我们的孩子失去快乐的能力。对自己真诚的接受,不是出于无奈,不是自我安慰,真心接受自己的平凡是真正的非凡。

父母温暖的牵手,是孩子生命永远的支持,是世界最美的风景。

高学历,低情商,只有糊口的能力,而没有幸福的能力,这不是我们教育的终极意义。过于强调学业成就，各种证书和学位的获取，却没有深入思考的能力，没有生命内涵的沉淀，这将给生命带来麻烦和困难。

父母的成长是孩子人生最好的投资，父母的偷懒是孩子人生最大的遗憾，父母成长，孩子向上，这是家庭教育最好的捷径。

父母是每个孩子认识世界的一扇窗户，每个孩子透过父母这扇窗户来瞥见天空，来进入整个世界。在孩子童年的时候，父母成为孩子的一扇窗户，而不是一堵墙，这非常关键，如此，孩子将拥有整个世界，而不是父母的制约和命运的轮回。

父母想帮助孩子之前，先帮助自己，否则，你的帮助会是一种伤害，一个人的生命只有在自己的祝福中，你对他人的帮助才具有建设性。

教育的失败，会让我们所有的成就和金钱都变得苍白无力。生命的有效传承，从每一位父母自己的美好人生开始，照顾好自己，你才能照顾好孩子，成长自己的生命是最好的照顾。

生下一个孩子，爸爸妈妈是在为这个世界带来一份礼物和祝福，还是某种破坏和挣扎，取决于爸爸妈妈是否准备好了做爸爸或妈妈，准备好了去付出自己的爱，如果爸爸妈妈没有办法拥有自己生命的成长，养育孩子会变得很复杂和困难，如果爸爸妈妈拥有自己的成长，养育孩子就是一件顺便休闲的事情。

养育孩子，让孩子感受到你的爱，比让孩子听你的话更重要。

养育孩子，先关系，后标准；先成人，后成材；父母相爱，即富养孩子。没有安全感的孩子，给他全世界，等于给他一个错误。生命大过一切，教育的失败，会让所有的成功变成一场空，用爱浇灌孩子的生命，一切的发生只是顺便的美好。

让每个孩子活出他生命真正的快乐与幸福，拥有属于他生命的成就，而非一纸文凭，这需要智慧而勇敢的父母守护，这是对生命的一份敬重。

美好和祝福在靠近每个人的心门等待着，我们并不需要挣扎地做什么，只需要将心门打开，成为生命的祝福是容易还是艰难取决于每个人自己的选择。

缺乏安全感的孩子，成年后，一点点的小事对他来讲都会形成一个挑战，这个虚假的挑战源于其内心的恐惧而无力面对所致。童年，建构一个孩子的安全感对其一生影响深远，容易愤怒的人，其内心隐藏了很多的恐惧。

给孩子自由的土壤，让孩子的生命成为创造的来源，这样的孩子是生命真正的富有者。

今天的教育理念告诉人们，孩子的学习并不是最重要的事情，然而，并不代表孩子不需要努力和拼搏，而是告诉孩子如何正确地努力和拼搏才是要点。这不是一个技巧，是一种人生的态度，开拓孩子的视野，让孩子有足够的见识，会自然激发孩子正确的努力和拼搏精神，学习好只是一件顺带的事情。

父母对孩子的态度，是整个世界对孩子的态度，如果你想他人和这个世界爱你的孩子，请你先爱他，否则，任何人对你孩子的爱都只是一个挫败，因为没有父母爱的孩子，他收不到任何人的爱。

未来已来，你的现状就是孩子的未来，父母的成长是献给孩子最好的爱。

孩子成长没有彩排，
父母陪伴爱是关键。
错过童年最佳陪伴，
赢得金钱只剩遗憾。

每个父母养育孩子成人，都想孩子有责任和担当，养育的过程很重要，这个过程父母对孩子是正确的支持，而不是包办；对孩子的生命是尊重，而不是控制；对孩子有足够的信任，而不是担心；最后才是担当和责任。天高任鸟飞，信任才有责任，尊重才有担当。

心宽的父亲和心善的母亲是一个孩子生命永远的力量和福德，比任何富养都来得直接。

艺术家像孩子，哲学家像老人，艺术家玩颜料，哲学家思考人生。

孩子是生命的起点，也是天生的艺术家，如果孩子可以正确地成长，就更容易了解真理。

成为孩子，一切都是那么自然。

人们将人的一生划分为童年、青年、老年，事实上，这不是特别科学和精准，生命有一些内在的模式，我们需要了解。

每七年是一个人生命的季节交替阶段，第一个七年是孩子自我中心发展的重要阶段，太阳为他升起，月亮为他盈亏，季节为他变化，他是全世界的中心，只对自己感兴趣。

第二个七年，孩子开始对世界感兴趣，询问各种问题，拆除各种玩具，只为研究探索，对别人的兴趣只限跟同性朋友玩。

十四岁的到来，生命来到革命性的阶段，性开始成熟，一个人生命的诗意、浪漫开始在这个阶段萌芽，男孩开始对女孩感兴趣，女孩开始对男孩感兴趣，如果我们信任孩子，让孩子自由成长，七岁到十四岁之间的友谊是一个人一生中最深厚的情谊，一切的美好在这个阶段开始发芽，一个人开始真正进入世界。

生命头七年没有养育好的孩子，N个七年后还卡在头七年自我认知的阶段里，人生会变得困难而挣扎。

跟母亲交流困难的孩子，跟任何人的连接都会有障碍……跟父亲连接有问题的孩子，内心常常充满了无力感。

让孩子上学读书很重要，然而，孩子学前的家庭教育大过任何的教育，错失孩子学前的家庭教育，错失的不止一个亿。

中国父母是付出最多的父母，不管有钱没钱，都决定牺牲自己。富养孩子，父母的心情可以理解，但父母的牺牲只会挫败孩子。

美好的父母才能养育美好的孩子。

父母美好的生命状态是真正的富养孩子。

有幸福能力的父母，孩子一定差不到哪儿去，跟钱财多少无关。

为什么说生命如花绽放。

科学已经探索到，我们的体内有不同的芳香区域，这些与我们的思想和情感相关，发出不同的内在声音，会和体内某个芳香区域相关联。

一种花香和一种声音的频率会相和谐，所以，内在和谐的人，就像一座行走的庙，在影响着他所在的范围正在发生的一些事……

父母的生命状态以及每天说正确的话，发智慧的声和那些脱口而出的声音，就是孩子的人生。

口吐莲花，如花绽放！

童年，给孩子一个芳香的世界，一个温暖的家，是孩子生命中的第一个庙宇，也将是他人生任何艰难时刻的避风港。

生命的浩瀚，源于生命的多元性，当我们停留在某一次元运作时，我们就忘记了其他所有的次元。

在浩瀚的生命面前，每个人都是孩子，了解生命是困难的，就如同透过窗口去了解天空的无限，也是困难的。

事实上，有形的窗口和无形的天空是一体的，看上去窗口和天空相隔遥远，那是我们有限的眼界所致，窗口和天空从未分开过，就像海洋的两岸是彼此相连的。

所有的无形无法被我们直接看到，无形总是透过有形的方式而被我们接触。

生命是谁？

生命不是某一个人，

生命没有形体，生命是无形界，每一个人都是生命的代表之一。

每一位父母，除了赋予孩子生命，还给予孩子无条件的关爱和养育，这一切，没有任何孩子可以还回去。

孩子唯有活出自己的美好，然后，把这份美好传承给下一代，只有这样，我们才能以服务生命整体的方式，来敬重和感恩我们从父母那里领受到的一切。

今天，我们的孩子，并不欠缺知识，
欠缺的是对爱的认知和对爱的体验，
这是生命最严重的缺失。

让孩子挑战自己，做到最好。
这是孩子成长很重要的元素。

孤，就是失去父母疼爱和关心的孩子。
独，即失去孩子敬重和照顾的老人。
当今社会，人们心灵深处敬老爱幼的生命能量，已全部被追求金钱和渴望成功的焦虑所占据，起点和终点都没有被照顾到，整体生命系统就会失去平衡。

一个孩子对抗自己的母亲，就在对抗整个世界。就像一片树叶在对抗自己所生长的树木，树木是树叶的母亲，它深深地根植于地球，调节气候，跟远处的太阳和星星保持着联系，树木也象征着整个大气，树叶跟树的对抗，只是在给自己找麻烦，无数的人都在用这样的方式不断给自己找麻烦。

父母把自己的答案塞进孩子的头脑，这叫制约。

叛逆，是孩子成长的一部分，是孩子对某种制约说："不。"
孩子有能力说"不"，有一天，他也有能力对生命说"是"。

每一个父母都希望孩子活得比自己更美好，生命不需要重复，孩子不需要复制父母的人生，这是生命的进化所需要的，这是一个祝福，一个对自己和对所有人的祝福。

孩子大了，跟父母不亲近，通常我们会说孩子没有孝心，一个孩子无论是跟父母心灵的亲近或是情感的疏离，都源自孩子童年跟父母相处的模式。孝心，不是道德，也不是规则，而是一个生命来自内心深处的爱和美好的呈现。

孝敬父母，使你得福。

一个孩子伴随着自由的爱成长，他将成为自己生命的国王。自由让他增添双翼，爱让他扎根大地，这是一个人生命中最珍贵的恩典……没有自由的爱，孩子没有天空；没有爱的自由，孩子的生命更多的是无序和野蛮。

放下改变任何人的想法，没有任何人可以改变一个人，如果他变了，那是这个人愿意改变。

父母带给孩子最好的礼物，就是幸福的能力，父母能活出自己的幸福，孩子幸福是自然的结果。

说谎的孩子，是无数家长的痛……一个说谎的人，是因为他内心有很多的恐惧和无助，他认为只有说谎才可以解决自己的问题，他不懂得如何用说真话的方式来解决自己人生的困难和问题。对自己认知高的孩子，会更有力量讲真话。

信心是你跟自己的亲近……孩子在生命的早年，父母温暖有品质的养育，带给孩子生命深深的信任，这份信任，让孩子有亲近世界和他人的能力。

一个拒绝或否定母亲的孩子，很难连接到生命，无力感将成为生命的常态，因为看不见母亲的孩子，也无法看到自己，唯有感恩才是解决之道。

孩子的接受度比大人高很多，如果我们对孩子在尊重的前提下，去分享父母生命的经验，孩子会很愿意听，很愿意了解的，孩子非常聪慧，他们会从父母的经验中找到自己的解决之道，父母可以放下那些命令和强迫。

孩子很脆弱，同时又很坚强，一方面很容易被父母伤害，另一方面又会坚持，不轻易对权威让步。如果有尊重，情形会大不一样，孩子会从中逐渐学会：尊重自己，也尊重他人和这个世界。

在养育孩子的时候，更多的是需要学习无为的艺术，很多直接的行动对孩子的成长往往是一种干扰，父母不去过度作为，而是守护，对孩子是一份珍贵的礼物，或许父母会恐惧，父母会担心：我不作为，孩子一定不成样。而父母不明白，真正伤害孩子的是父母的担心和恐惧，孩子离生命的源头更近，孩子生命的内在有一种智慧的指引，父母的爱和尊重可以帮助孩子行走于世界，而不是恐惧和担心。

给一个孩子爱自己和爱世界的自由，他就会变得坚毅而勇敢。

孩子的学习能力永远比大人好，孩子的内心有更多的纯真和空间，孩子是在不知道的状态下去探索和学习，孩子更敞开，没有限制，孩子具有更大的接受性。

教育的目的不是帮助孩子找一份好工作，而是让每个孩子生命的潜力得以实现，一份好工作并不等于一个茁壮的生命，这两者不能画等号，否则，我们会让孩子失去他的根本。

真正的教育是让孩子懂得如何过上喜悦的生活。

目前的教育大部分是目标导向，你学什么不是重点，重点是考试过关。考试成了教育的中心和重点，每个孩子都在担心考试是否过关。整个考试占据了孩子生命快乐的时光，考试的结果常常带给无数孩子很深的自卑感或某种虚假的优越感，考试占据了太重要的位置，为了未来某个考试，常常牺牲的是孩子当下的生命，代价是昂贵的。

今天的青少年处境是艰难的，他们正在走出童年，走向青年，他们生命的内在正在发生着一些事情，非常需要协助和支持。然而，现实却是艰难的，无数的孩子得不到协助，跟父母很少碰面交流，只在需要钱的时候才去找父母，协助孩子敞开心扉，说出自己的想法、需要和困惑，以及混乱的状态……告诉孩子这一切是自然的，我们会看到孩子跟父母的裂痕慢慢消失，孩子会敞开，纯真和美好地跟父母度过他生命的这段美好时光。

一个孩子只有让内心对父母的内疚感和负罪感真正消失，他才能对父母真正感恩，同时不再对父母愤怒和抱怨，而享受自己的人生。

每个孩子在内心都想跟父母亲近，然而，这中间又有很多的障碍，父母是孩子生命的起源，渴望靠近父母是自然的，然而，大多数的孩子靠近父母是困难的。解决之道是：你需要自由地过上一段你想要的生活，没有对错，放下所有的评判，让自己舒服，透过这种方式，可以净化你记忆中的某个能量，也是一个自我疗愈，这会让你成长，当你再靠近父母的时候，那个阻碍就消失了。

除非你爱孩子，否则，你会被孩子逼疯，特别是老师，一整班的孩子很难应对，会让老师崩溃，如果老师热爱他的工作，那就是一件美好的事情，孩子的生命会滋养老师，在老师的心里，需要敬重每个孩子的生命本身，放下所有孩子间的比较，因为每个孩子都是独特的，如果孩子遇到这样的老师，这个孩子是幸运的。

如果我们想让孩子的未来美好而充满爱，唯一的方法是让孩子在小的时候知道什么是爱，什么是关怀，什么是尊重。

爱是自律的母亲，自律是爱的孩子，生命中充满爱的孩子，一定是自律的。

一个孩子逐渐长大成人，由童年到少年，由少年到青年，由青年到老年。一路走来，所有的年华都不可能死掉，那个童年，那个少年和青年都在那个老年的生命里。善待每个孩子生命成长的每段岁月，这建构着一个人一生的品质。

我们想帮助任何人的时候都需要清晰：如对方不需要你的帮助，你的帮助就成了干涉，特别是对孩子，你无视孩子的存在，包办孩子所有的事情，只会让孩子变得更弱小和软弱。

当孩子出现问题的时候，不要总是急着问孩子怎么了，父母需要问自己：我怎么了？我们怎么了？孩子问题的背后或许在照见父母人生某些沉重……去探索，会从黑暗中走向光明，会豁然开朗。

如果我们允许孩子美好，所有的孩子都是美好的……担心或想改变孩子，都会让彼此更艰难。放松，站在孩子的角度，以爱的方式去感受孩子，或许，我们能看到更大的画面。

序位是神圣的，回归序位，父母在父母的位置，孩子在孩子的位置，这是一种内在的回归。从错乱的序位中解放出来，这会让整个家庭获得新的力量。

孩子在生命的前三年是一生中最有接受性的时候，这时的孩子还没有认同感，他不知道他是谁。父母是孩子的镜子，孩子在母亲微笑的眼睛中看到自己，或是在父亲愤怒的眼神中看到自己，这一切的点滴都在建构孩子一生的自我认同感，也就是一个人的自我价值感。一个幼年不是父母带大的孩子，没有人给他爱的体验和照见，他会受伤，受惊，失去信心，失去自我的认同，对于这样的孩子来讲，他的人生是艰难的。

吃、睡、呼吸，是每个人绝对普通的事情，也是生命的共性。失去这样的普通，生命就不在，所有伟大的品质都在普通的生命之中，越普通，越接近生命，让每个孩子成为普通的孩子，这是对孩子的祝福……越普通，越长久，开怀地笑，健康地哭，是一个人所需要的。

孩子跟父母的对抗，源于父母对孩子的操控。

在某种意义上，每个人都是国家的孩子，祝福祖国母亲……就是祝福孩子本身……感恩活在今天。

每一位父母养儿育女的过程，都是一场自我修炼的成长。

没有一个孩子是丑的，孩子从神的世界来到人间，每个孩子都是美的，每个孩子都是一个神秘家，每一个孩子都需要被敬重。

孩子在生命的早年，需要在他的本性中扎下深深的根，在未来的日子，无论遇到什么挑战和风雨都能穿越，他懂得爱自己，尊重自己，尊重这个世界。

人类的灾难之一，是我们的教育对孩子的奴役，我们的教育很大程度上在夺走孩子生命的养分，摆脱对孩子生命的奴役，会让人间瞬间成为天堂。

孩子是脆弱的，他无法靠自己生存下来，所以，剥削孩子很容易。很多时候，我们养育孩子的方式跟喂养动物差不多，听话，奖赏；不听话，惩罚，父母基本是一个驯兽师。

孩子常常处在跟存在谈恋爱的状态中……我们无法教导什么，只需要守护好孩子生命的这份能量。

一个孩子在生命的早年，看到爸爸妈妈彼此深爱对方，意味着孩子看到了希望，看到了美好，有一颗爱的种子落入了孩子的心田，开始成长，在孩子以后的生命中必将有爱的升起。

在一个极端否定另一个极端，只是一种错误在否定另一种错误，智慧和真理永远在一个和谐与平衡的点上。

我们的头脑喜欢说话，喜欢诠释和总结，然而，我们却无法用语言表达一朵花的美……很多的时候，语言是一种障碍和制约，如果我们可以允许事物就在那里，去感受，而不去评判，成长就会发生……两个真正相爱的人，没有太多的言语，如果他们喋喋不休，说明爱情已经死了。语言在需要的时候才使用，语言是一种技术，如果我们被语言淹没，生命的鲜活就不见了。

允许孩子在生命成长的路上犯错……这是来自存在的许诺。

允许犯错是存在的许诺，不制造同样的错是对自己的爱和慈悲。

守护好孩子的好奇心，这是所有创造的源泉……如果八十岁了，你还有好奇心，生命依然在成长。

让你的孩子拥有自己独立的思想和自由的成长空间，将来他从事任何的领域都不是问题，他本身就是一个思想家，他本身就是一所大学，一个原创性的思想家和一所独特的大学。

不随意给孩子灌输对错的概念，让孩子在探索中前行，在经验中成长，孩子有能力做自己，他面对世界没有障碍，自然是对的。

如果一个孩子，他有能力坚定地做自己，将来他遇到所有的问题都会变得很简单。

家庭中，彼此没有界限，没有尊重，任何的小事都有可能引发权力争斗以及矛盾冲突……不觉察和成长自己，只会难为彼此。

透过每一件小事，培养自己的公益心、共情的能力、接纳的胸怀……这将会让自己的生命更有尊严感。一个有尊严感的人，才会活出生命的美好……一个自尊水平低的人，自律能力缺乏，前进的动力不足，成功的概率不高……养育孩子的过程中，不伤害孩子的自尊心，孩子会更自信，更自律。

每个孩子都是父母之间的那个"三"，那个神圣的"我"，"三"可以创造一切，如果我们能明白和了解这一切，我们在通往未来成功、幸福的路途中，就不会迷失自己，而充满着自信和生命的热情。

没有母亲，就没有未来……一个孩子对母亲的否定或失去与母亲的联结，会让自己无力走向未来。母亲，是每个孩子生命的来处，生命的根，当我们在否定母亲的时候，我们就让自己连根拔起……恐惧，无力，害怕，操控，匮乏，各种挣扎来来去去。

否定母亲，你就在否定你的生活，生活是透过爱变得丰富，生命透过爱变得茁壮，母亲是每个孩子生命爱的源头，没有办法接受母亲的人，也没有办法接受金钱……即使有能力赚到钱，也没有办法享受其中的喜悦，或许金钱很快又走掉。

孩子，唯有同意父母的命运，接纳父母的人生，才能走向父母……才能长大成人……你有能力走向父母，你就有力量走向世界。

对于孩子，父母直接告诉孩子怎么做，孩子照做，父母内心有成就感，然而，久而久之，孩子的内心会失去对自己的内在肯定。对于孩子，频繁地给建议，只会适得其反，孩子只会逆向操作，以此来捍卫自己，这就是我们看到的孩子普遍的叛逆。

每个人都想从关系中获得幸福，幸福的关系却不容易得到。所有关系的开端源于母亲，一个孩子跟母亲的关系不圆满，幸福自然困难。一个孩子内心深处的幸福就是母亲的怀抱，这是每个人最原始的幸福……告诉自己：我是我母亲的孩子，是我生命中最美好的事情！想到母亲，心怀喜悦的孩子会充满生命的力量。

一个孩子跟父亲的关系的好坏，母亲很关键，母亲有着强大的控制权力，母亲可以为孩子打开通向父亲的路，也能阻挡一个孩子走向父亲……孩子走向父亲，会更尊重自己的母亲。

教育的本意是指把一个人生命内在的天赋和潜能以某种形式彰显出来，让生命成为鲜活而流动的。

今天，我们的教育是以教育之名在阻塞孩子天赋和潜能的呈现，恰恰去到了教育的反面。

每一个孩子都带着自己的天赋和潜能来到这个世界，这并不代表每个孩子都是相同的。我们可以做出相同的塑料花，然而，我们需要让每个孩子活出属于他自己那朵花的芬芳……如果我们让所有的孩子都成为某一种花，我们就是在摧毁孩子的生命。

孩子小的时候会相信父母说的每句话，父母随意的口头禅就是孩子的人生和命运，口德是所有福德中关键的一德，也是重要的风水之门，祝福天下的孩子，从把好风水之门开始。

发生任何的事情，想帮助孩子最快最有效的通道就是：了解孩子经历了什么，知道他遇到了怎样的挑战，明白他的感受是什么。这是帮助孩子的第一步，也是重要的一步。这时任何的指责和抱怨都会让我们更加无助和无力。

整个社会和无数的父母都在忙着如何教好孩子，如果我们不了解孩子，终究是一次挫败，孩子的生命状态远比有学识的成年人来得更美好，孩子无知，却是纯真而敞开的；孩子无知，却是信任而有洞见的，每个孩子本身的存在对社会就极具价值和贡献，我们只需要去欣赏和守护孩子，不去打压和伤害他们。孩子们就能茁壮成长。如果我们的父母没有那么匆忙和焦虑，我们就可以随时从孩子身上去学习，每个孩子都在把自己与生俱来的珍贵品质呈现给这个世界，而我们却视而不见，在每个孩子的内心世界里，他在这个世界的位阶就是一个国王，一个天生的国王，而我们教育的真相，就是以种种方式将这个国王从王位上硬生生地拉下来，再让国王去街头乞讨，这样的教育，对孩子们是多么残忍。

过于强势的母亲，孩子偏向懦弱，母亲没有温柔，孩子缺少坚强，母亲的温柔，是养育孩子的第一福德。

母亲，是每一个孩子的命运，一个孩子有怎样的母亲，他就会有怎样的命运。每一个母亲都愿意牺牲自己，来成全孩子，天下母亲都有烈士的情怀，然而，并不是母亲成了烈士，孩子就成了英雄，往往母亲的牺牲并没有给孩子带来美好，常常是美好的初衷，方向方法不对，结果是挫败而心痛的，母亲的烈士情怀和牺牲精神，需要蜕变成温暖的关怀和爱，把内心的担心和恐惧转化为心中美好的祝福，独立、健康、自律的品质会自然地呈现在孩子的生命中。

祝福所有的孩子，拥有家的温暖，平安、健康、茁壮地成长！

祝福所有的父母，拥有足够的智慧和生命的温暖，喜悦地养育孩子。

岁月流逝，童年依然留在每个人的心里，感恩童年的美好时光，同时也看到童年留给自己的制约，不批判，不抱怨，看到即改变。

享受每一个孩子，他们是这个世界最美的风景。

父母把美好的孩子带到这个世界，父母不见了，孩子就进了孤儿院，这是无数孩子的现状。

如果一个孩子跟父亲的关系有问题，母亲是第一责任人，孩子跟母亲以外所有人的关系，母亲总是无意识建设或破坏，只懂得抱怨的母亲，对不起，孩子只能是牺牲品。

母亲是孩子生命的桥梁，也是孩子所有关系的桥梁，母亲常常没等孩子过河就拆桥，然后，再去抱怨自己的无助和委屈，这样的模式不调整，命运是注定的。

人生，什么都有人教，唯独结婚生子没人教，全是自动上岗，挫败是自然的，这是一套人文科学，是我们一生的功课。

这个世界，只有父母跟孩子之间的爱是走向分离。

无数的父母，孩子已长大成人，由于父母自己的无力和孤独，常常从内心紧抓孩子不放，以为这样自己会更安全和幸福，以为孩子是自己生的，自己就有权利控制孩子的人生。

所有的控制都不安全，最安全的控制就是把孩子塞回子宫，试问：这样的安全感是哪位父母想要的呢？

很多父母，自己的人生不快乐，也不让孩子快乐，无数孩子压抑的不仅是悲伤，还有喜悦的能量。

所有的父母都想给孩子最好的教育，但什么是最好的呢？

孩子的早年，如果没有聆听过鸟儿的叫声，没有感受过雨水的滴答声和阳光的明媚，这对孩子是一生的遗憾。

早年对孩子心灵丰富的启迪，将是他一生的财富，而不是一味地让孩子埋头在偏执而狭隘的考卷中。

允许我们的孩子有童年，允许我们的孩子歌颂他们的青春。

陪伴，比讲道理来得更有力量。

老人，是孩子们的天德星，父母，是孩子们的天福星，九九重阳，祝福天下所有的老人长寿安康！幸福吉祥！

旅途，让我们超越距离……遥远的地方和人会让我们感觉更亲密，那个"远方"就在我们的内心，那个"远"同时也是"近"……透过旅途我们在感受生命。

阳光灿烂的孩子……是父母温暖的爱和陪伴的结果。

父母的家是孩子的家，孩子的家是孩子自己的家。

父母对孩子的爱是让彼此走向分离，让孩子长大成人，让孩子有能力成家立业，这是父母养育孩子的伟大，但这并不意味着孩子可以不孝顺父母，事实上，越独立的孩子，越懂得孝顺父母的重要。

因为每个孩子独立的能力都源于父母根的力量。

今天，人类孩子的困难是，我们的进化，已从动物的状态走了出来，却没有找到精神的喜乐。

我们卡在了既没有动物的自然，也没有活出人类的爱和喜悦，爱和喜悦是每个人类孩子心中的钻石，如果每个孩子都了解和体验过他生命的这颗钻石，那么，电子游戏和手机就无法再干扰到他。

家庭教育，真正的成功，最终拼的是父母的修行，父母的福德，只有福德两个字，才能真正传承给自己的孩子。

一个孩子童年的压抑，常常带来一生的挣扎和不幸，正确地对待和疏导孩子的情绪，是每位父母需要学习和成长的课题。

父母的修为，就是你孩子的人生，每个孩子都是父母最好的镜子。

渴望，之所以一直在渴望，是因为我们压抑了渴望，最后成了欲望，甚至是绝望。

满足一个孩子在童年时期生命的各种渴望，无论是生理的，还是心理的,都是对孩子生命极大的支持和鼓舞,最终的结果都会将孩子送到幸福的彼岸。

童年,是一个人一生的命运,完整的童年,会让我们一生幸福。不完整的童年,会让我们用一生去完整那个童年,祝福天下所有的孩子,拥有完整的童年。

扩宽孩子的视野,提升孩子生命的向度,以及让孩子了解看待事物有多种不同的方式。

具备这三种品质的孩子,内心和谐,不走极端,拥有丰盛的人生和幸福的能力。

妈妈温暖的拥抱,对孩子来讲意味着生命之光。

而孩子所有的症状和问题,只说明一个问题,那就是孩子需要光和爱,这二者来自我们的心。

而任何的道理来自头脑,所以,对于孩子来说,有时候讲道理,不如一个温暖的拥抱来得更有力量。

在指责攻击下长大的孩子,没有存在感;在父母标准下长大的孩子,缺乏力量做自己。

现代文明,最大的不文明就是道德、品德和人性都变成了商品。

金钱在任何地方可以任意收买一个人,人们所需要的一切就只是金钱，人也成了商场上的商品，贪婪吞噬着生命的美好，这是我们的教育最大的挫败。

教育，家庭教育是核心，而家庭教育，父母正确的生命态度是关键。

不断制造问题的孩子，是在呼唤爱，当他处在问题中，他可以获得关注和爱，得到重视，这是一个错误的连接方式，因为在孩子健康和正常的状态下，没有人关注和搭理他，于是孩子找到了一个这样的策略来寻求关注和爱。

终极的解决方案是父母调整和成长。

我们不允许孩子犯错，结果导致孩子一旦犯错就会产生罪恶感，而在罪恶感驱动下的孩子他将来的人生态度是要么逃避现实，要么对抗生命，总之没有建设性。

犯错和犯罪是完全不同的两件事，1+1=2，如果孩子算成等于3，就是一次出错，并没有罪，如果我们允许孩子有出错的机会，孩子就会放松，在放松状态下才具有建设性。

一个人生命的头七年，是拥有最多成长机会的七年，这七年决定着往后的七十年。如果一个孩子在这七年里可以拥有爱，同时拥有自由的成长环境，他就是自己的国王。

孩子做错事，挨打受骂，是无数父母认为正确的教育方法和有效的解决方案。然而，重点是无数的孩子挨打受骂后，并不明白自己错在哪里，为什么被打骂，心里全是蒙的。

孩子做错事，有效的解决方案是站在孩子的角度，去感受孩子为什么这样做，再试图站在另一个立场告诉孩子另一种可能性是什么，让孩子有更宽广的视野去看问题和看世界，当孩子有更多选择机会的时候，定会选择具有建设性的方式或方案，这会给孩子带来成长的喜悦，这也叫有效沟通。

花蕾成为花朵，需要遇对时机。
人活出天赋，需要自己认出自己，同时，需要遇到发掘你天赋的那个对的人。
父母是孩子生命中第一个伯乐，
请我们的父母发掘你孩子的天赋。

不允许孩子去享受他的生命，是无数孩子成长中的制约和伤痛，让孩子有能力感受他自己，认出他自己的天赋并且活出来，这是生命的荣耀。

什么叫成功，到底谁说了算？
成功有很多种，最根本的成功，是每天清晨你醒来，能看见一轮新的太阳，自由地呼吸，行走在这个星球上。
生命本身就是一个非凡的成功。

一切从爱的基础出发，以各种方式带出孩子的天赋和才华，让孩子活出独一无二的自己，这是最高境界的教育。

告诉孩子为什么这么做和要孩子怎么做，是完全不同的两件事，前者带给孩子自律，后者带给孩子对抗。

现代人最熟悉的思考方式，就是即溶咖啡，最好是给我一个秘诀，我就能得到一切。

漫长的生命，需要漫长的努力和最深的耐心，一切的匆忙都将是错失，尤其是养育孩子，需要更多的耐心和爱心。

创造力，是老天赋予人类关键的配置，也是每个孩子与生俱来的生命力，允许你的孩子每一天都把他的创造力带进他的生命，他创造力的火花是与世界最好的互动，这也是孩子生命成长中最闪亮的时刻。

用生命的爱去点亮孩子的天赋，这是父母最值得做的一件事情，发展孩子的天赋不是去兴趣班，那是技能的训练，天赋需要爱和生命的激情去点亮。

做生意的头脑是生存的需要，它属于生命本性之外的部分，在对的地方使用，是没有问题的，如果把生意带入家庭，将会污染孩子本身的生命，从而失去生命的美感和灵性。

只有人类的孩子有不可知的潜能，我们所有的喜悦和挑战都因此而来。

人的一生，是活出潜能的一个过程，而大部分的孩子活不出潜能，我们对孩子充满了兴趣和关注，我们把自己的兴趣和期待强加给了孩子，那些兴趣并不是孩子自己的兴趣，如果孩子违背期待他的人，就会被贴上标签：行为不当！

然后，孩子就会有罪恶感，就开始隐藏自己的需求和感受，变得言不由衷，习惯以后，孩子说出来的那些假话，自己也以为是真话，我们再去教孩子诚信是困难的，因为，孩子没有办法对自己的生命坦诚，一切的坦诚都只是策略和伪装。

我们需要觉知到，任何一个平凡的孩子，都有不凡的天赋和无限的潜能，哪怕是那些算命的也很难算准你的孩子。如果我们允许孩子活出他自己的潜能，这一天是孩子真正的诞生。

亲子关系的问题，源于两性关系的裂痕，无数孩子想以极端叛逆和牺牲自己的方式，来帮助父母解决他们的痛，这只会让每个人都更痛，孩子没有办法解决父母的痛，父母需要自己去成长。

孩子的问题是家庭系统的问题，系统出现问题个体自然会有麻烦。

被爱沐浴的孩子，他会拥有一张行走世界的通行证，这是父母带给孩子最美的恩典。

父母对孩子的期待，孩子做不到，就会成为孩子生命的痛。

因为，每一个孩子都想成为父母的骄傲，都想让父母荣耀。一旦孩子令父母失望，孩子就会难过和不安。

而如今，无数父母人生的价值观是以金钱为导向的"赚到钱"

就是成功的,赚不到钱就是失败的,这在误导孩子,会令孩子很难过。

好像生命除了钱,其他都不存在。如果你只盯着钱,会把钱吓跑,谁愿意被盯着,钱自然也愿意跟放松好玩的人在一起,跟对生命有态度的人在一起;看不见生命的人,很难连接到财富的能量。

金钱是为生命服务的,谁对生命有正确的态度,谁就连接上了财富的能量,只盯着钱的人,其生命隐藏了恐惧和不安,去面对和清理自己的恐惧,你就是在服务自己的生命,金钱自然会来眷顾和服务你的生命。

孩子,就是母亲的命运,一个母亲可以成就一个孩子,也可以毁掉一个孩子。母亲的手中握着你孩子的命运,母亲价值观的高度,就是你孩子人生的高度。

孩子无法负起父母的责任,生命之轻无法承载生命之重。

隐藏任何一个秘密,都是一种能量的消耗。能量消耗的大小视秘密的大小而定。

一个从母亲钱包偷钱买糖果的孩子,如果不能跟母亲坦诚面对这件事情,会常常做梦而睡不好觉。

允许孩子犯错,孩子才能勇敢面对自己的错,才能拥有自己的力量。

一个新生的婴儿,会尽全力跟母亲保持亲近,孩子需要跟母亲有这份连接,让自己活下去,这是哺乳动物一种深层的本能,也是最强有力的本能。所以，每个孩子都想归属于自己的母亲，然后是父亲。随着孩子的长大，这种归属逐渐扩及家族的其他成员，最后是归属于社会的团体，乃至在世界有自己的一席之地。

所以，父母在孩子的早年，与孩子的连接品质，决定着一个孩子走向世界的能力，一个孩子早年与父母的连接，是走向世界的第一步，也是关键性的一步。

让每个孩子成为更好的自己，而不是成为人家的孩子，这是教育终极的意义，这需要养育者和教育工作者对教育有真正的了解。

孩子为什么会盲从，因为孩子没有自己的信仰，只有盲从。允许孩子做自己，让孩子拥有爱、尊重和自由的空间，你就给了孩子伟大的信仰，有一天，他会把这一切的美好向世人呈现。

中国没有一所教父母的学校，这是无数孩子艰难挣扎的来源，今天的父母不是需要被指责，而是需要被指导。养育孩子是科学和艺术，父母自我的成长和修炼是给孩子最美的祝福！科学需要学习，艺术需要修炼，这是生命修行的过程。

敬重你的母亲，是你对自己的祝福！

母亲是每个孩子生命的桥梁，生命是透过母亲来支持每个孩子的，一个孩子对母亲的态度就是世界对你的态度，敬重臣服母亲，你就是在敬天道。敬天道，就得天助。

对孩子来讲，家的温暖，父母的生命状态，比教育本身更重要，如果我们的教育带给孩子的是压抑，而不是滋养，这是令人难过的事情。

养育孩子，需要让孩子活出他的天赋和潜能，去创造生命所需的一切，和谐的家庭，比教育本身更重要。

每个孩子的到来，都是这个世界最正确的存在，人类的生命是地球上最高级别的开花。

让我们的孩子不要有犯错和罪恶感，每当孩子遇到困难和麻烦的时候，那是孩子陷入了黑暗之中，我们只需要将光带进孩子的生命中，孩子自己就会知道他该如何面对或做调整。

父母的话语尽可能有觉知地充满着爱，避免那些陈腔滥调的说教，如此，我们就在创造一个新的空间可以令孩子茁壮成长。

我们的教育，需要将所有的理论、学说和信念，变成孩子生命的经验，让孩子头脑的所知变成孩子生命的所能。

知识、理论不能成为一个人生命的经验，就会成为一个人生命的障碍，一个很有知识，而缺乏生命经验的人，只会自我封闭。

所有的知识都是我们借来的，经验是我们自己的。

孩子的某个行为是错的，不代表孩子的生命是错的，父母需要找到合适的方式让孩子懂得如何修正自己的行为，而不是去否定孩子的生命和否定孩子本人，而让孩子有罪恶感。

一个有罪恶感的人什么事也做不了，他只会成为自己的敌人，一生跟自己战斗是生命巨大的消耗。

一个恨自己的人，不会爱任何人。

淡定，是一份修为；修为，是一个人人生践行后的经验。

定力，源于淡泊的心境，无论是淡泊名利，还是淡然面对人生，都源于你有勇气面对人生的风雨沧桑，有能力透过表面的发生看到事物的本质内涵，才有那份淡然和定力。

允许我们的孩子去体验他的人生，而不是照着父母的理论去活，否则，懂事听话的孩子，无法懂自己，一切都是枉费。

一个孩子成为某个人物，会让父母骄傲，如果他无法成为自己，他就无法让自己快乐。生命大过一切，一切的作为都需要从平凡的日子中去活出自己的生命能量，而不是被某个人物或角色限制了自己。

宇宙万物，群星之间有着各自完美的秩序，这些秩序在创造宇宙完美地平衡。如果孩子的生命没有暴力的介入，只有爱的守护，结果只有一个，每个孩子都将活出各自的美好与灿烂。

娇嫩的花蕾，需要合适的天气、合适的阳光去绽放。每个孩子都是娇嫩的花蕾，我们父母需要为孩子们提供健康的成长空间，才能带出孩子全新的生命力而怒放他们的生命。

每个孩子都有钻石般的存在感，而成年后的自卑感从何而来？

从外面无数评判的标签中而来。

每个孩子，都在无数的标签中长大，我们看不见孩子生命的美好，看不见孩子生命的闪耀，我们看到的是自己的标准和要求，给到孩子的只能是自己内在被制约的评判，这些评判，没有爱，只有攻击力。

面对每一个孩子，养育者需要有高度的觉知，你才能把阳光带给孩子，而不是带去雾霾。

我们的父母期待和渴望孩子成功，整个教育都强调成功的重要性，却没有想让孩子成人，这是所有挫败的根源。

一个没有成人的孩子如何成功？即使成功也是过家家，走不了多远。

忆起过往，每个人都只能记得四岁以后的事情，或者是三岁，这之前的都是一片空白。

因为记忆是需要透过语言来储存，语言是头脑的工作，而四岁之前的孩子完全活在自己的自性或空性中，没有活在头脑里，所以，我们看到的孩子都是那么美好。

如今，我们的教育过早地拔苗助长，对孩子不是爱，而是伤害。

现在无数孩子缺的不是吃，缺的是爱；缺的不是知识，而是有温度的人文关怀。

爸爸妈妈有爱，家就比任何名校教育都宝贵。

每个孩子都在模仿自己的父母，无论你从孩子身上看到了什么，他都在映照你，如果你想让孩子更好，先让自己更好，更有爱。

一个孩子如果过于依赖别人，其背后是恐惧，恐惧让一个人失去了站立的能力。

唯有爱才能让人类的孩子独立。

如果你帮不到孩子，意味着你需要先帮助自己，父母面对孩子的一切无助或无力，都不是孩子带给你的，只是孩子照见了你。唯一的解决之道，就是提升高度和维度，一如既往地成长自己，在养育孩子这件事情上，所有的呈现，都在照见父母的生命。

育儿，不是做买卖，做生意，我付出了什么，立即想要回报，这会让你挫败和焦虑，一切的努力需要有耐心，不匆忙是最好的加速度。

敬重每一个孩子，他们有来自星星的智慧和神秘。

我们的教育给了孩子很多的知识，却带走了孩子的灵魂，孩子在富裕的生活中长大，却失去了心灵的家园。

这样的代价是惨重的，方向不对，一切的努力不是白费，是负数。

父母有爱，孩子一定不难带，难养的孩子是因为父母没有爱，没有被爱滋养的孩子一切都是障碍。

平凡普通的父母，是世界最不普通的身份，养育孩子，传承生命，不是一件小事，在这件事情上如果有觉知有爱，就是一首传奇的歌。

在美国，身体的工作已成为第5大专业，正在迅猛地发展，这是一个惊人的速度和事实。

在这里所指的身体的工作，并非我们传统意义上理解的按摩，而是深层疗愈性的工作。

按摩是透过某种手法让身体放松，深层身体的工作是一种温暖的碰触，是对生命的扩张和打开，是一个碰触的疗愈。

一个宝宝如果失去养育者温暖的碰触，将很难活下去，温暖的碰触是人类每一个生命最基本的需求，如同身体需要食物一样。在灾难面前，人们会自发地彼此拥抱，那是彼此透过碰触来支持、温暖以及疗愈自己和他人。

现代人对碰触有很多的恐惧和制约，我们的身体是僵硬的，我们跟自己是分开的，跟彼此也是分开的，人们彼此保持着距离，活在各自的模式中。

缺少温暖碰触的孩子，成长过程会遇到各种障碍，养育者跟孩子之间那份温暖的碰触比任何的道理和知识都来得重要。

欣赏你的孩子，你就在成就孩子，否定你的孩子，你就在摧毁孩子。

养育孩子最大的过错，就是以否定孩子的方式来试图让孩子成为那个有出息的人。对孩子的否定，如同下毒，你每天都在给孩子下毒，而梦想着孩子可以茁壮，最终的结果只是一场梦，可以确定不是什么吉祥的梦。

任何人对你孩子的肯定，都不如父母对孩子的肯定，父母无法肯定自己的孩子，任何人的肯定孩子都是质疑的，对自己的质疑，对世界的质疑，将成为孩子一生的困惑。

面对走极端的孩子，不是去解决孩子带出的极端问题，而是需要去协助孩子平衡他的生命，因为一切极端的行为都源自失衡的生命。

无数的父母都还是孩子，在养大孩子的过程中，也在养育自己的生命，这就是修行。

幸福的家庭是无数人的渴望，对不幸福家庭的调查告诉我们：所有的问题都不在于大是大非上的冲突，而在于平时细节上的相处品质。一句话，情商决定你幸福的指数。情商就是你管理自己情绪的能力，在情绪中无法自拔，意气用事，代价是沉重的。

无数离异的家庭给孩子留下的是深深的痛。

而对孩子最大的伤害并不是离婚，而是离婚的两个人一直还处在痛苦和斗争中，孩子跟父母的连接是非常深的，父母任何一个人不快乐，孩子都会被影响和伤害。

如果父母需要分开，告诉你的孩子，爸爸妈妈即使分开过，永远都是你的爸爸妈妈，对孩子的爱永远都在，这样可以把伤害降到最低。

努力争取位置，不如在正确的位置成为自己，让每个孩子成为自己，而不是名流，这是对人性光辉的尊重。

分享，是一个人长久去做一件事情的源动力。有分享能力的孩子，做事情才会善始善终；有分享的能力，是一个人心智成熟的表现。

让一个孩子轻松面对自己犯的错，可以让孩子成年后在众人面前放松，以最美的方式呈现在这个世界。

宇宙万物，群星之间有着各自完美的秩序，这些秩序在创造着世界完美的平衡，我们每个人的生命都是宇宙的一个细胞，群星的能量和智慧蕴含在我们的生命之中，蕴含在我们人体的氨基酸之中。对于孩子而言，他们更有着星星的智慧和完美的能量，如果我们不暴力介入孩子的生命，只是爱的守护，每个孩子都是春天里的希望。

让孩子成为孩子，还给孩子童年和自由，是当今最高级别的教育。

每个孩子都需要活出他生命的真理，而真理无法告知，生命是透过体验来了悟真理的，允许孩子体验和探索他的生命，是对人性的致敬。

我们需要让每一个孩子扎根他自己生命的潜能，不管是什么样的潜能，在此基础上的努力，才会有深深的满足感，否则，一切的努力都将会是挫败。

对于一个孩子的成长来说，最好的学校，也不如父母的爱和温暖的陪伴，我们往往抓住的是表面的东西，失去的是根本的核心内容。

生命的本质就是不重复，生命的本质就是创造独特，每个孩子都是独特的，每个孩子都应该更像自己，将一个孩子跟任何人比较，对孩子都是侮辱，因为他生下来是要做自己的。

麻省理工学院最新研究发现：影响孩子智力发育的，不是词汇量，而是父母与孩子的交流方式。

乖巧的孩子，隐藏了更多的压抑，叛逆的孩子是用极端的方式对爱的呼唤。

家庭、家教、家风，
家是一盏灯，
教是一句话，
风是一段旋律；
灯，是温暖的光，
话，是祝福的口头禅，
风，是生命的主旋律；
你带给孩子是怎样的家庭、家教和家风，
值得每一位父母好好地思考。


教育的基石是家庭教育，教育最大的成本是无知，无知不是没有知识，而是对生命一无所知，是对人性的麻木和忽视，这是当今教育最大的挑战。


"你这一辈子都欠我的"父母有意无意地给孩子传递这样的信息，会让孩子有深深的负疚感和自卑感，一辈子都无法还清债务的人，一定无法活出自己的生命。

父母对孩子说类似的话，其背后是自己过得不好，处在牺牲受害当中，一个受害者角色的父母，带给孩子的是沉重和挣扎。


每一颗种子，都蕴藏着一个可能性。每一个人来到这个世界都有自己最初的意图，叫初心。如果可以活出初心，每个人的一生都是一幅美丽的蓝图。

我们父母，别忘了询问自己的孩子："宝贝，你来到这个世界的意图是什么？"

一个孩子受孕的时间和出生的片刻，是影响其一生的两个重要因素，而这两个时间中父母的生命状态会尤为重要，每个父母在计划迎接新生命之前，给时间成长自己是最智慧的投资。

一个人的压力、受苦以及筋疲力尽，源自自己和父母的抗争，一个孩子试图去证明自己比父母更好，结果只有一个：挫败。

一个孩子，
如果可以由衷对父母说出：
我很高兴成为你的孩子。
如此简单，
这足以让你获得足够的力量。

一个老师的教学，
有三个不同的层级。
最低层级，
是给学生一堆资料和笔记；
第二个层级，
是榜样和示范作用；
最好的方式，
是提高学生生命的领悟力。

每一天，
每一个来到这个地球的新生儿，

是人类未来最宝贵的资源教育，
是人类未来最核心的保障。
教育，
要的不是知识分子大学生，
要的是有智慧有梦想的新一代；
教育，
不是确保孩子不出问题，
而是引导孩子如何面对问题；
教育，
是让每一个孩子，
懂得敬畏，
懂得尊重，
懂得进退，
懂得珍惜，
懂得如何活出自己的生命，
让每个孩子可以信任自己的生命，这是教育的核心。


一切的教育和规则，
都建立在健康而良好的关系之上。
如此，
教育才有其建设性的意义。


我们的教育需要培育，
有思想和创造力的生命，
而不是所谓有野心的人才。
野心，

是一种心理疾病；
野心，
会把一个人带进死胡同；
野心的背后，
是一颗贫穷的心，
失去了生命的爱和真诚。


童年，
是一个人的宿命，
善待每一个孩子的童年，
是对孩子最好的祝福。


每个生命都是独特的存在，
如今每个孩子一出生，
就在经历各种排名，
有时排名或许是某种需要，
然而生命不能被排名制约和标准化，
否则生命将被物化，
这是对生命的讽刺。


听、说、读、写，
是促进孩子思维飞跃的四大方式，
听排第一位，
每天孩子从父母那里听到什么，
很重要。

家庭教育，
聆听孩子是前提，
父母成长是根本，
亲子关系是基石，
成长成才是目标。
一切技术和工具，
都建立在以上的基础上，
才可能落地实用，
而具有建设性。


一个孩子的自律，
源于孩子内心的自尊。
尊重孩子的生命尤为重要，
欣赏每一个孩子，因为灵魂没有竞争。


青春期过渡不顺的孩子，
会把青春期的逆反心理，
带到成人世界的关系中，
紧张的关系是人生的常态，
常常令自己挣扎他人难过。


乖的孩子，
有很多的压抑；
不乖的孩子，
在强烈地呼唤着爱。

每个遇到问题的孩子,
都需要父母站在自己的身后,
跟自己一起来面对问题,
而不是跟问题在一起,
来打败孩子。
对于孩子,
父母需要给予孩子爱,
而不是标准和要求,
允许孩子犯错,
这是每个孩子,
生命成长的必经之路。


亲子关系互动中,
父母需要觉知,
你给出的是爱还是标准?
孩子遇到问题,
父母需要了解,
是跟问题在一起打败孩子,
还是跟孩子在一起打败问题。
所有不乖的孩子,
其背后都有未被满足的需求。


罪恶感的教育是毁灭性的教育,
人类的孩子犯错被允许,
是最基本的人性,

否则没有一个孩子可以成为独立的人,
依靠自己的双脚,
自由地行走世界。
犯错是孩子成长的权利,
孩子的犯错不叫犯错,叫生命的探索,
不允许孩子犯错,
隐藏和压抑的罪恶感,
会让孩子在成年后犯大错。


每一个孩子,
都是他生命的国王。
而如今的现实是,
无数的国王在乞讨,
国王忘记了自己,
这是我们教育的挫败。


让每个孩子成为他自己,
让他有足够的勇气和力量,
去探索和经历他的生命,
有自己人生的领悟,
开出属于自己生命的花朵,
这是教育的重点所在。


为了某个理想,

失去了一个平凡人的快乐，
这样的孩子很难成功。

孩子，更有学习的能力，更有改变的能力，更有勇气成为他自己的新世界纯真无邪的孩子，没有多余的包袱。

幸福药方　The Secret of Happiness

情　绪　篇

焦虑，是每个人生命中不可避免的一部分，就像黑夜会围绕着我们每个人。在黑夜中，我们可以给自己点亮一盏灯；在焦虑中，我们可以超越焦虑而看到生命本质的精神力量，不被焦虑吞没，焦虑就不会成为自己的重担。

人生是一个错综复杂的课题，生命涉及的面向、层次、问题之多，使得人们常常处在焦虑和担心之中，而令生命的格局变得很有限。抛开所有的担心和恐惧，纵身跳进生命的河流，不会失去任何东西，得到的是生命的一切……至高无上的祝福。

人们对他人常常感到愤怒的背后，是人生所有的不如意，带给自己的长久压抑的爆发。

紧张、焦虑源于你企图成为某某，你拒绝接受现在的自己，而你的紧张和焦虑在阻碍着你享受当下生命的美好，这会让你总在错失良机。

所有的证明，带来的是紧张和焦虑，你证明给其他人看，你是过得好的，可以确定你一定过得不好！因为你所有的能量全部消耗在了证明里，而失去了幸福的力量和能力。

幸福，是默默地过自己的生活，别人知不知道我，我都知道自己，感恩所有的发生，并从中成长自己。

你有任何的情绪，都不代表你有问题。情绪是老天给的，它是每个人生命的能量，如果你常常想愤怒，代表你有很多的能量需要流动，而不是丢给任何人。能量无法丢掉，学过物理学的人都知道，能量守恒，它只能蜕变，无法丢掉，如果你总想把愤怒丢给别人，只会让你更虚弱和无力，这跟道德好坏无关，需要的是蜕变你的愤怒成为你生命的热情、宁静和喜悦。一个有能力愤怒的人，他也有能力爱，关键是你在愤怒时有觉知，那是一种释放，不是发泄，是蜕变，不是丢掉，这样的愤怒意味着一种生命的力量。

大年，是中国人团聚的时刻，彼此间会有很多的爱流动，而其中也会自然地带出某些情绪。这个片刻对每一个人都是机会，十二分的觉知很重要，你有觉知，你就是主人，觉知带来的是建设自己和家园的生命力。


抑郁症，其主要的成因是压抑了恐惧所致，那些无法消化的恐惧和内心深层的感受，形成了巨大的压力，导致一个人失去了生命的目标和内在的信心，从而自我放弃。从另一个角度，这种自我放弃是一个强烈的求救信号，是一种呐喊，一种呼唤，呼唤爱和关怀，呼唤温暖和亲情。然而，任何来自外界的帮助，都需要案主本人愿意帮助自己，才能救助心灵。


不被恐惧抓住，用爱去表达……是任何时候，你平衡生命所有局面最有力量的方式。


崩溃……接下来是突破，关键是自己不倒。

很多时候，我们的内心有很多的愤怒，脸上表现出来的却是微笑，嘴里无意识说出来的话却是伤人的，这于人于己都无建设性。

如果我们真的有情绪，真的难过，需要照顾好自己的情绪。所有愤怒、抑郁的背后都是伤痛，我们需要用正确的方式，安全地表达出来，我们就解放了自己。

愤怒让我们的身体紧绷，心理抑郁，对愤怒的处理很重要，我们需要给愤怒一个空间，去释放，而不是把愤怒丢给他人，没有任何人需要为你的愤怒负责任。

压抑愤怒伤害身体，丢给别人破坏关系，释放愤怒是解决之道。

任何时候，让自己在平衡与和谐状态下做决定，而不是被恐惧引导和在兴奋中承诺。

因为某种恐惧和不安全感，认为明天的生存比今天的生活更重要，明天能否生存下去的念头，让我们失去了感受今天生命的美好，失去了活在当下的喜悦，明天永远不会来，所有的日子都是今天，为明天错过今天，就这样错过了一生。全然、热烈地活在今天，是生命的全部意义。

晚上最后的一个念头是早上的第一个念头，带着对自己的祝福和对每个生命的祝福进入睡眠状态……这将照亮你人生的一切。

了解你的恐惧,而不需要与它做朋友,否则,你会茫然度日……每个人都是被祝福的,任何时候,始终记得:你是你人生所有状态的主人。

整个人生就是一场游戏,不需要担心游戏的结果,享受游戏本身更重要。把你所有的能量都放在游戏中,你的生命会有一种不同的品质,没有纠结,没有担心,没有焦虑,只有放松和祝福,就像树不担心花朵是否盛开,这样,你的生命会自然呈现原本的美好和神圣。

在中国人的情怀里,灯笼象征着和平与美好,剑代表着力量和勇气。两者拥有其一,你都是困难的,你在黑暗中拥有剑,你只能哭泣,因为你看不清任何人;如果你只拥有灯笼,你是虚弱的,你的灯笼随时会被人吹灭,你没有力量保护它。灯笼需要在一个有剑的人的手上,一个同时拥有灯笼和剑的人是不需要用剑的,恐惧的人才需要用剑,你拥有剑的力量,同时你是和平的,你不需要用剑。

我们见到陌生人有防备或恐惧,我们对陌生人的态度,就是对自己的态度,我们是自己的陌生人,我们害怕自己,害怕孤独,害怕面对自己这个陌生人。

心有两个功能,蜕变和扩张。人们常常说的小肚鸡肠和宰相肚里能撑船,所指的肚就是心,同样的心,是鸡肠还是宰相肚,重点是你有没有开放和扩张自己的心,你的心是封闭和狭隘的心,还是开放和宽广的胸怀，决定你的人生和命运，另外心有蜕变的功能，可以将苦难蜕变成祝福，把痛苦蜕变成力量。

任何时候，你都有能力懂得正确地表达感受，就是一种有效的释放和疗愈。

容易愤怒的人需要觉察自己的恐惧，愤怒是主动的恐惧，恐惧是被动的愤怒。

依赖源于恐惧，放松，整个存在都是你的。

紧张意味着恐惧和焦虑，意味着过度和错误的努力，意味着想要安全感，整个人都被悬在那里。
紧张的人做任何事情都是马马虎虎的。
放松，从我们所在的地方开始，你的身体，你的行为，你说话的节奏，让每一个过程慢下来。
生命的乐园在放松中得到。

对于现在焦虑的人们，你让他静坐，比登月更困难。
如果想让孩子静下来，先让他奔跑，然后，安静会自然发生。

强势的背后是脆弱，脆弱的背后是恐惧，如果一个人常常表现得很强势，无法让自己处在平和之中，那么他需要去看内心的恐惧，释放流动这个部分的能量。

　　心情不是生命的全部，却总在影响生命的品质，喝茶的心情比喝茶更重要，笑看花开是心境，静看花落是境界，每一段岁月都值得尊重和珍惜，与其去纠缠，不如洒脱地去体验。

　　压抑混乱的时候，首先需要的是清理和整顿，否则，所有的作为只是一个错误和挫败。

　　长期的压抑会让我们迷失或丢失自己，让身体和心参与生命，这是唯一的美好。

　　我们带着自己的某种野心，每天总是在匆忙地奔跑之中，失去了内心的祥和，失去了当下的喜悦，所有的野心都指向未来，而未来无法确定，就像地平线，感觉在那儿，却从未触及……内心的焦虑总让自己不安或疯狂。

　　没有人在乎太阳的存在和价值，因为太阳一直都在，我们在乎某一个看不见的神，我们害怕神不保佑我们，害怕让我们失去了爱，抓住了恐惧。
　　感恩每天从东方升起的太阳，会让我们心怀感激而温暖。

喜悦，就是当下你是被祝福的，同时，你也在祝福所有的人。

对于情绪的流动和释放，你自己的配合比别人的帮助来得更有力度，疗愈的效果更好。

无惧，是快乐生活的基础。无惧，不是你没有恐惧，而是你愿意面对内心的恐惧并释放和流动它，不担心犯错，真诚地生活，不为名誉而活，你会成为自由快乐的人。

与其焦虑，不如让智慧引领你。

父母的负面情绪，孩子是那个最先为其买单的人。父母所有压抑或无力表达的感受，孩子最后都会去替父母以不同的方式呐喊，这是孩子对父母和家族的忠诚，而我们最后会给孩子贴个标签叫：叛逆。

所有指责、抱怨的背后都充满了对爱的渴望。
如果我们能够学会正确地表达自己的感受和需求，我们就能找回自己的力量。

如果对死亡的恐惧消失，你所有的恐惧都将消失，包括对黑暗的恐惧，对爱的恐惧，对金钱的恐惧，对未知的恐惧……无惧将带给你全新的能量……生死是灵魂朝圣之旅的插曲……生命是不朽的。

思考，是一个智力问题，而生命中所有美好的事情，都跟思考无关，彼此相爱的人是不需要思考的，一个在深沉睡眠中的人，他的思考停止了。如果你跟他人的关系，只是一个思考和智力的关系，那是关系中最渺小的关系。如果我们的父母跟孩子没有心的连接，没有信任和爱，只有思考、担心和控制，那么，所有的努力都将是挫败。

如果一个人的内心是恐惧的，即使在做自己认为对的事情，结果也对不到哪儿去，放下你的对错，也放下别人对你的评判，因为别人并不了解你，任何人认为你是对的或错的都不重要。放松、无惧是美好的开始，把美好带给自己，你才能把美好带给世界。

恐惧会让一个人失去信任的能力，如果你常常恐惧，逃避和压抑会让你更恐惧，任何对自己的强迫都缺少一份尊重，尝试把流动带进你的生命，友善地敞开自己，与自己的恐惧在一起，找到一个方式去探索自己的生命。这份流动的能量，会让冻结的恐惧开始蜕变。

勇敢地面对自己内心的恐惧、难过和痛苦，就是在邀请我们曾经失去的力量，再一次回到我们的生命中，生活是无数的发生，我们不能掌控任何的发生，然而，我们可以选择面对那一切发生的态度,这个态度将决定我们人生的轨迹。

哮喘,除了生理以外的原因,绝大部分都是心理上的成因,有一个窒息的压抑和恐惧,冻结在孩子的生命里,就形成了哮喘。如果一个母亲有足够的温暖和爱,孩子的哮喘几乎可以痊愈。

慈悲,就是你允许自己快乐,跟随生命之流歌唱、舞蹈、庆祝。

如果我们心中怀着恐惧和贪婪,不管我们占有什么,我们都将被它反占有,因为我们恐惧失去它,占有和贪婪制造的是噩梦和苦难,使用和感恩经过你的任何资源,而不去占有。

每个人,每个家庭,每个国家,都有自己的领土,当有人随意进入你的领土,不同程度的恐惧和愤怒会随之发生。亲近,意味着你做好了准备允许并接受他人进入你的领土访问,你没有恐慌,你感觉自己是安全的,这个过程是一段修行,也意味着你是有力量的,意味着你是和谐的。

快乐的背后有不快乐,高兴的深层是某种紧张的释放。喜乐,是没有任何紧张的快乐和没有任何不快乐的快乐……快乐有高度,悲伤有深度,喜乐具有这两者的高度和深度,同时,超越了两者。

我们深入内心，就能向上提升我们的能量。

每个人的存在都有他自己的领土，当某人进入你的领土，就会恐惧或害怕，每一个人都有一个需要保护的空间。而亲近意味着你需要放弃自己的领土，成为具有接受性，把自己交给某一个人，有着深深的信任，对于所有的发生你都不会恐惧。

所有障碍的背后都是恐惧，源于你对生命的不信任。
信任生命，可以跨越你的恐惧。

如果你有情绪，请不要把它丢给任何人，任何的情绪都是我们生命的一部分，请给情绪一份敬畏，你不嫌弃你的情绪，你才有能力觉察和流动情绪。特别是对孩子，给他们一份这样的允许和空间，幸福和美好会伴随孩子一生。

你有很多的恐惧，意味着你失去了对生命的信任。

恐惧的另一端是贪婪，当一个人懂得感恩拥有的一切，不去想要更多的时候，恐惧就会消失，执着就会放下。
不执着，不等于不努力，努力是正向而建设性地使用能量，执着是负向而破坏性地消耗能量。

深入情绪下面的感受，充分体验，你能触及人生平衡与和谐的前提，是有能力感受生命的各种感受，只有这样，你才免于以负向的方式去表达生命。

幸福药方　The Secret of Happiness

唯　爱　篇

信息时代的今天，一切都变得方便而快捷，自然人们表达爱的方式也是自由和多样化。然而，这并没有帮助人们彼此更相爱，反而使内心的爱变得更艰难，人们失去了内心爱的和谐与节奏，总在头脑的紧张和焦虑之中挣扎着。

科学已经确认，当一个人具有爱的时候，不容易生病。有爱，人会处在健康和安泰之中，无论你在什么地方，去爱你身边的万事万物，这样，你的噩梦也会变成诗歌，我们可以这样的方式把生命的芬芳弥漫给他人，留给这个世界。

一个人的内心越空虚，会更加地欲求权力和金钱，如果你不在自己的生命里，你的内心没有爱，任何的竞争和竞赛都是一场空，每天生命都在从每个人的人生中一点点地消失，如果我们没有活出自己生命的那份爱，一切都是枉然。

基于某个原因去爱一个人或源于你丰富的内心去爱一个人，是完全不同的两件事，收到爱的人会知道你爱的品质是前者还是后者。

奉献，意味着你处在爱中，意味着你感受到了存在的丰富，意味着你在分享生命的美好。

自爱和自大是完全不同的两件事，自爱中，你是放松有爱的。自大是只有自己，没有爱。

自爱就是我和你同时出现，能够看到彼此，看到整体。自大就只能够看到自己内在的挣扎和纠结。

很多时候，我们努力去爱很多人，却没有觉知自己从来没有爱过自己，这是爱的主题中困难的一点，自爱是人生爱的主题中最基本的一步。


透过爱的眼睛看到一滴水，那就是一个海洋。


什么叫人类的爱。

人类所有的形式：穿衣吃饭都是爱，王子和乞丐都一样，所有属于这个星球的生命，都是平等的，都带着生命自然的韵律，汇成生命的河流，在参与着共同的庆祝。


放下对错，放下指责，放下证明，在爱的路上，一路前行。


最深的爱，是你没有说爱，你走到任何地方，你就是爱。


爱，是最根本的人权之一，失去爱的孩子，无人权可言。

教育最根本的核心，是让孩子对生命有崇敬之心，崇敬生命，才能爱生命，否则，一切的爱都只是一个形式和伪装。


心中没有爱，是生命唯一的贫穷。

我们一直在教导爱，孩子却感受不到爱，是因为教导爱的人爱自己都很艰难。

爱不是表演，爱是心中盛开的玫瑰。

所有的证明，背后都是对爱的渴望，升起心中的爱，一切都没有障碍。

选择一种生活方式，爱自己，爱他人，爱这个世界。

一个片刻，一个片刻地去遇见自己，遇见他人，遇见这个世界。

哈佛76年的研究结果表明：童年拥有爱的孩子，成年后有共情的能力，面对挑战能迅速进入一个良性的循环模式中，为其人生赢得精彩，其赚钱的能力也远远超过童年失去爱的孩子。

爱是一切艰难险阻的解药。

去爱你所做的事情，那么，你所做的事情就是滋养你的来源。

如果你不能爱一个人，请你理解他，如果你不能理解现在的他，请尝试理解他成长的背景，我们对所有人的理解，都在帮助自己从心底滋生一份柔软和慈悲。

正月初七俗称人庆节，

传说这一天是人类的诞辰。

古代劳动人民在这一天会举行各种祈福活动，以示对"人"本身生命的敬重，

爱自己，就是爱人类，

爱自己，就是爱生命本身。

生命因为有爱而神圣，在初春的日子里，播撒爱的种子，让自己神圣地活着。

生命的丰盈源于你内心爱的成长，如果你可以让自己静下来，就一定会有爱从你心中升起。

怀着爱去做一件事情，而不是被利益所驱使，你的生命才能成长。

今天，很多人在大谈无条件的爱，无条件的爱是一个方向，是一个人神性的一面，如果一个人未曾体验过有条件的爱，由某种欲望和渴望引发出来的爱，就很难进入无条件的爱，这是另一种扭曲和伪装。

我们在有条件的爱中走向成熟，走向无条件的爱，这是必经之路。

把自己过好，是你爱家人、爱世界的最好方式。

有一种扭曲的爱，就是所谓的责任感，因为这份责任感，所以我逼疯自己，强迫他人，不是在恐惧中，就是在内疚中，恐惧未来，纠结于过去，这是一种自我指控，折腾他人的人生态度。解脱的第一步，就是接纳过去，放手过去，与自己和解，如此，你才能与世界和解。

爱自己就是与自己和解。

爱，是生命的本质，当你体验了爱，你会明白，你就是一切。同时，你了解，外在的一切你都带不走，这就是智慧。

心中有仁，眼里有爱。
仁，就是两个人，有自己，有他人。
爱，就是与生命共情的能力。
有仁有爱的人必定吉祥。

做任何事情之前，都让自己是那个对的人，当你是对的时候，就有对的门向你敞开。

如果你充满了爱，你做与不做都是对的。如果你充满了爱，你努力与否，都是幸福的。

甘于平凡，甘于过平常的日子，平等地跟遇见你的人在一起，留下你的爱和创造。

平凡是长久的爱。

当一个人恐惧的时候，唯一的解决之道，就是勇敢地去面对恐惧，去感受，去穿越。

生命是多元的，当我们在某一次元运作时，我们就忘记了其他的次元，忘记的同时更多的是否定。

一个人拥有爱的能力，是指可以在多次元运作，看到自己，看到他人，看到整体。

恋爱中的两个人，他们的灵魂是在一起的。

头脑每天都想干很多的事情，如果没有爱，无论你干什么，最后都是挫败。

一个人知道再多也没有用，唯有爱有用，没有爱，你去帮助任何人包括自己，那个帮助不叫帮助，叫阻碍。

回到你的真实，
回到你的本质，
这个本质，
就是跟宇宙法则同频，
那就是爱。

人们在一起，
如果有爱，
即使一言不发，
也彼此

在传递着思想，
传递着爱。
语言，
对于爱来讲，
往往是困难的。

如果我们只活在肉身里，我们只是一个有可能成为人的动物；如果我们可以活在爱里，人性的开花才有可能。肉身是一切成就的桥梁和基础，没有人可以避开这个身体去找到一条捷径，经过它，穿越它，才能去到更高，这是唯一的一条路。

这个世界，没有神，只有神性，如同爱，没有谁是爱，每个人都具有爱的能量和能力。神和爱一样，看不见，却能感受得到，万事万物都有神性，万事万物都具有爱的能量。

把你的每一份工作都当作爱来体验，那么每一份工作除了金钱的回馈还有更多的祝福来到你的生命里。

爱跟呼吸一样，不涉及任何的关系。你处在关系中，还是不处在关系中，你都需要呼吸。爱也一样，呼吸是肉体的需要，爱是能量体的需要。

真诚地活出你的爱，这是你今生最需要做的。

分享，是大人和孩子的分水岭……当一个人开始真正分享的时候，显示他达到了某个成长点，紧抓着任何的东西，都表示这个东西比你大，你还是个孩子。分享，意味着你真正拥有，拥有，以分享的方式来表达，这是唯一拥有的方式……你是慷慨的，你就是富有的……重点不在于分享了什么，而在于分享了你所拥有的。

分享，让你更加地流动。

一个人太过局限在自我里，难过是必然的，因为让自己成为孤岛，没有流动，没有爱，错过了生命，还假装自己活着。

如果我们不爱自己，到外面去寻找爱，找到的是沮丧，爱自己就是回到自己生命的家园。

生命是一所学校，爱是永恒的主题……如果你错过爱，你将错过所有的教育。

爱无法用意志来强迫，爱只能是你愿意，觉醒也是一样，最终帮到你的是你的愿意和愿力。

成为平衡的生命，一切皆有可能。

敞开心扉，让爱流动，爱可以穿越灵魂的黑暗，让你遇见星星，遇见生命的源头之光。没有爱，生命只是一场堆砌沙堡的过程。

幸福是属于人类的，快感是动物性的，人们很少了解幸福和快感之间的差别，幸福比快感更高级和优雅，对于幸福，动物无能为力，人类可以超越快感而拥有幸福的能力。

祝福，不是季节性的，是生命的本质，如果你愿意祝福自己，随时都可以。

一个新鲜美好的早晨，你跟这个世界一见如故。

祝福，是生命中最美的音乐，每一个崭新的早晨，记得给自己一份祝福，给世界一份祝福。

你或许有很多的朋友，但是你却没有真正的友谊，没有内心的亲近，你真心想倾诉的时候，却找不到一个人，所谓的爱人和朋友，你都无法靠近，那是因为你一直活在一个防御的机制里，你无法爱，无法信任。

这个世界，无论是人，还是花朵和树木，每一样东西，都有它自己的灵气，也可称其为能量。每当能量收缩，身体就会生病，而能量扩张时，人就会变得活生生。一个人在恐惧之中，能量是收缩的，而一个人在爱中，能量是扩张的。尽可能地以各种方式去爱这个世界，你会发现自己越来越健康。

有爱，可以移山，爱从来不会失败。
像孩子一样地去爱这个世界，这是生命最珍贵的礼物。
我们可以努力地博学多闻，
如果失去了孩子般的纯真，
我们只是一台储存资讯的电脑。

人类已经到达了前所未有的文明，同时，空虚、迷茫的人也前所未有的多，人们在文明下活得沉重而窒息，这是为什么？我们需要忘掉一切借文明之名所行的蠢事，人们以所谓文明的规则监禁自己，囚禁他人。真正的文明是来自生命内在的自律，是你走到任何地方都把自由、爱和温暖洒向那里。

爱和尊重是一个人生命中最重要的元素，失去这两者，就失去了做人的终极意义，所有的执着和坚守都需要在这两者的基础上才有意义，否则，人生一定是苦涩和挫败的。拥有爱和尊重也是人和动物的根本区别，没有爱和尊重，所有的固执和坚守都是悲鸣。

寒冬里，腊梅傲雪的微笑，带给人们生命的温度，勇敢的飘香里呈现的是柔软的爱。

有一个普遍的现象，也是无数人的挫败，那就是人们没有从找到的那个爱人那里获得爱，原因只有一个，就是你给出的也不是爱，是你的欲望、期待和标准，爱过却没有获得爱，请不要委屈，因为你的爱里有一些伪装和虚假的东西。

生命唯一的贫穷是心中没有爱，升起心中的爱，建构生命富饶的家园。

活在模式中，意味着你是无聊的；活在流动中，你是被祝福的。

在人生低谷不寻爱，照顾好自己的生命是关键，看到自己的艰难，穿越就是美好。处于低谷时，寻爱寻到的是伤害，借所有的艰难锤炼自己，让煤炭变钻石，自然有人欣赏你。

人们只熟悉一种沟通方式，那就是七嘴八舌，喋喋不休，严格地讲，这不叫沟通，只是某个人的一种言谈，一种宣泄……语言是初级的沟通，更高层次的沟通是心照不宣的沟通。彼此无语，爱在流动；彼此无语，宁静在发生。

每个人都需要爱，这是一个基本而自然的需求，然而，这个基本的需求，会去到一个虚假的层面，让人们想要成为某个中心，成为某个人物和领袖，得到更多的关注。事实上，这种关注不是爱，即使全世界的人都关注你，需要爱的那个基本的需求，也无法被满足。关注和爱有关联，却不是一回事，爱一个人，会关注一个人；关注一个人，并不代表你爱他。如果我们长期压抑爱，基本需求无法满足，就会变成一个象征性的需求。寻求关注，这个需求是假的，脱离了人性的自然需求，长此以往，内在人格分裂就会出现，养育孩子，给予孩子爱，而不是负向的关注，这很重要。很多时候，父母努力给予孩子某种关注，其中并没有爱，父母却全然不知。有一天，孩子的生命出现某些状况，父母会感觉很挫败，感觉自己很无辜，为什么会这样？

无数人都在遭遇自卑，是因为我们无法从内在看见自己，所有的自卑和一切的优越感都是虚假的，往内走，那有一面真正的镜子，会照见你原始的面目，一切本质的存在，都是宇宙永恒生命的一部分。

优雅来自你的柔和，淡定来自你的定力，洞察力来自你的智慧，这是一个人一生一世的修炼。

如果你的开心需要依赖别人，那么，你会常常触礁，别人一旦不如你的心意，一旦在你眼前消失，你就总会处在风雨飘摇之中。一个人终极回家的路是孤独的，你孤独的时候，能带给自己喜悦，那带给自己的是一个伟大的片刻。

如果一个人爱别人的能力很强，爱自己的能力很弱，很自然，这份爱是无力的，爱的背后有需求，爱与被爱的人都是难过的。

人的一生中，最要对得起的那个人就是自己。你的生命隐藏着奇迹，如果你对得起自己生命隐藏的那份奇迹，没有辜负，最后，你外围的许多责任都同时尽到了，而不是刻意。

认识自己，不是指镜子上看到的那个自己，每个人都比镜子中的那个自己更浩瀚和永恒，意识到这个真相，你的每一个心跳都是祝福。

你想拯救任何人，其背后都是你的傲慢与自大，你在否定对方的力量和能力。对于任何人的生命来讲，外人只是一个助缘，当事人才是其人生因和果的真正创造者。尊重自己和他人，可以避免在混乱中轮回。

一个人只有真正活过了外在的世界，才能够真正走入内在的世界，否则，我们的修行只是一种逃避，随之而来的就只是失望。我们需要的是经历红尘而修炼，而不是恐惧世界而逃离。

所有的技巧，都需要生命能量的支持。技巧有用，那是能量的作用，没有能量的支持，所有的技巧都是无力的……爱的能量是一切的解药。

如果我们可以放下评判，放下好坏，拥抱跟我们不同的人，表面看起来是一个挑战，最终却是一个祝福。

每一个身体里,都有一个独特的灵魂,当我们能回归生命的整体,我们就能正确地理解和看待这个世界。

爱是一段优美的成长经历,恨是一个对立的运动过程。成长需要透过对立面来打开生命的张力,带来生命的活力,热情,希望和趣味,整个生命是一个辩证和运动的过程。

怀着爱,看到你所看到的一切,改变就在发生。

燃烧你的爱,才能纯化你的爱。

渴求,而不是奋斗,失去耐心,就成了不安的奋斗……渴求圆满,是每个灵魂的所需,给渴求一份耐心和慈爱。

纯化你的心,成为一座庙……走过的地方,留下你的温暖,将要去的地方,是温暖的爱等着你。

所有错误的发生,都是爱的缺失,真正的文盲,是爱的缺乏症。

所有的麻烦和凄苦都源于缺少爱,爱和慈悲是一切疗愈的根本,可以穿越所有的维空和疆界,怀着爱行走世界,就没有障碍。

对天地万物和一切存在充满尊敬，就叫虔诚……虔诚是你内在的品质和洋溢的爱。

因为有爱，我们不再是普通的动物，因为有爱，我们的生命变得非凡，因为有爱，我们超越所有的奴役、无知和黑暗，乃至死亡，成为永恒存在的一部分。

有爱的生命不会老，不是乞求他人的爱，是从你的心中升起爱。在生命美好的时光里，活出你的爱，有爱即富，爱可以更新你的生命，让爱成为你生命的色彩，这是生命唯一的真实，其他都是幻觉。

爱，流动的时候，才活生生，固定下来的爱就死了，为什么人们总说：婚姻是爱情的坟墓。原因是人们在婚姻中，总想控制对方，恨不得让对方承诺爱你一万年不变，这是非常幼稚的承诺。事实上承诺的人自己都不明白，明天他的人生会发生什么，即使能活一万年，剩下的一定不是爱，更多的是恨。任何时候，记得流动生命的能量，不要僵化自己。

爱就是光，当你爱孩子的时候，就给孩子带去了光明。

阳光让万物生长，爱让生命茁壮。

爱不是一种关系，而是一种生命的精神状态，爱就像我们的呼吸，在不在关系中都需要呼吸。如果你没有关系，就无法爱，那么可以确定，在关系中你一定也无法享受爱。

清晰了解自己，从爱出发。

花是有形的，也是有限的，有一天会凋谢掉。芬芳是无形的，也是无限的，它会不断地扩散……身体是有形的，生命是无限的，活出生命的芬芳，是我们对这个世界唯一的贡献。

有一个圣人告诉我们：爱你的敌人像爱自己一样。人们很难做到，因为无数人的内心深处都是恨自己的，恨铁不成钢。一个人他无法爱自己，自然更无法爱敌人。如果有一天，人们能够了解，我们既不是铁，也不是钢，而是璀璨的钻石，爱会油然地从心中升起。

一个内心恨自己的人，无法爱任何人，让我们的孩子不要谴责自己。你无法接受你自己，你就无法接受任何人。

日出，以它的神秘和独特的美丽吸引着人们。

早晨，当太阳还未升起，最后一颗星星已消失，夜晚离开了，此刻，太阳也不在，天空的光辉是清凉的，如果我们可以用心感知，这个片刻有某种神秘，在这个间隔里，静静地坐着，比较容易进入自己内在的生命，这是观照自己最好的机会。

当你看不见自己，你就是在拖着自己行走，自卑和怯弱是对自己的怀疑，这样的孩子在社交当中显得冷漠而被动，是因为其紧张和恐惧封闭了内心而导致对外界的防御以及对抗。一个勇敢而自信的人，源自他内心对自己深深的信任，这份信任来自童年成长的建构，也是生命最大的生产力。

我们的教育一直在努力教孩子如何去爱，结果总是很挫败。爱不是被教会的，爱是一个自然的发生，不是一个技能。况且教的人没有爱，被教的人如何感受爱，所以，人们以各种方式演绎着所谓的爱，其背后有很多的索要和交易。

人们最大的误解是把假爱误以为是真爱。

关系的艰难与和谐，跟我们的努力关系不大，跟我们的态度和初心有直接的关系。

所有努力的不成功，

都源于我们的初心和态度出了问题，

对长辈需要敬重的爱，

对平辈需要平衡的爱，

对晚辈需要接纳的爱，

所以爱和尊重很重要。

强烈的爱，没有任何的负担，经历爱，就是成长。

爱，只有在流动中才会活生生，固定下来的爱就死了，所以，往往蜜月结束，爱就不见了。没有爱，彼此相见，视而不见。

关系中有爱，就没有男主人和女主人，爱是主人，一切都是流动的。如果没有爱，所谓的主人都只是商品，男人是女人的物质商品，女人是男人的生育工具，一切都将变得困难起来，挣扎是自然的。

爱跟呼吸一样，不需要目的和企图，否则，是一个巨大的干扰，将会扰乱整个生命系统。身体透过呼吸而存在，灵魂透过爱而存在，两者都需要自然发生和流动，这是生命两个伟大的发生。

这个世界随时准备给予我们每个人爱的滋养，如果我们的内在填满了垃圾，就没有了空间去接受那份爱。

让生命成为一份爱、一首歌、一支舞、一道光、一声欢笑、一个喜乐，这是生命神圣而最终的祝福。

无数的人处在证明自己的模式中，其本质是证明自己是好的，是成功的，是值得爱的，一切源于对爱的渴望。

尊重自己，尊重他人，尊重这个世界，以最好的姿态走向自己的人生，走向这个世界。

我们常常把自己的执着和标准称之为爱，在亲密关系、亲子关系以及各种人际关系中以这种伪装的爱在混乱自己和他人，这是关系冲突和挣扎的主要原因。

心满意足意味着有足够的爱，心才会满，没有爱，心不会满。如今的孩子，普遍缺爱，不缺的是爱的替代品，零食、游戏和玩具，所以，父母头疼孩子为什么永远都不满足，不断地吃，不断地买，买了还要再买，因为买回来的一看全是假爱，不是真爱。

爱是每个人的本性，当我们了解到这一点，我们就不会去嫉妒任何人，因为任何人有的你都拥有，而那些表面你没有的，你可以用你的本性去创造那一切，这是你的尊贵和自由，放下那个斗士，成为爱人。

所有的错误，唯有爱才能融解，否则，只有轮回，让每个孩子有爱自己的能力，这比任何的知识都重要，这也是每个孩子真正自律、自立、自强的来源。

你高兴，我开心，爱与被爱，全是胜利。

面对现实，需要勇气，跟所有的真实面对面，就是成长。

懂，一个字，包含了深深的爱，千言万语也不及一个"懂"字。

你真的有爱，不需要任何的证据，你生命的现状和你的心就可以告诉你。

任何轻松愉悦的交往源于彼此有爱和尊重，如果彼此总是需要解释或说明什么，只能说明爱不在。爱不在，再多的解释也不会有任何的帮助。

安全感，是每个人内心所需要的，能坦然面对生命的种种不安全……你会更放松，更安全，你的灵魂会更平安。

成为平凡的人，会有超凡的爱，在平凡中，自我更少呈现。神圣本性的呈现，会让你遇见生命宁静的至乐。

手是心的翅膀，当你的心是敞开的时候，你的手是一个桥梁，透过你的手，你将温暖和爱传递给他人，每一个拉过你手的人，都会感觉有一种温暖流进了他的生命里。

生命的核心，
是不断探索和经历，
以此来修炼。

人生无论怎么活，
或许都不能完美，
但可以无憾。
每天都是新的生活，
有爱，问题不再是障碍。
淡然地面对，勇敢地生活，一路向前。

总是有学员问我："老师，什么叫爱自己？"

接纳现在的自己，尊重自己走过的路和人生一切的发生就是爱自己，所有的改变都从接纳自己这一步开始，唯有对自己接纳，才有可能对他人谦卑和尊重。一个嫌弃自己的人，只会对抗这个世界。

爱不是担心，爱是温暖和力量，担心是负担和压力，这两者有根本的区别。父母常常担心孩子，还以为是爱孩子，给孩子带来极大的心理压力。当孩子抵抗父母的担心时，父母不接受也不理解，总觉得孩子油盐不进，不识好歹。

幸福药方

The Secret of Happiness

财 富 篇

贫穷有两种，一种是物质的贫穷，一种是根植于内心的缺乏安全感和归属感的贫穷。摆脱物质的贫穷，靠一己之力生存下来并不难；摆脱心灵的贫穷并不容易，是因为这一部分人，离开了原来的贫穷，就像离开了家园，他们依恋贫穷中曾紧紧相依的一切。所以，这一部分的人，需要学习如何走向独立和自由，如何自己承担起生命的责任。

只认钱或机械重复摊派的工作，都会让生命陷入困境……我们可以选择开明的生活，带着一颗分享礼物的心，主动、建设性地去做自己手头的工作，你会在其中创造价值，创造机遇，创造奇迹……成功只是顺便的事。

金钱是推动生命、服务生命的养分，金钱有它自己的需求和去处……为生命服务。如果金钱被放错了地方或没有被尊重，金钱会离你远去。

无数人的幸福，都在梦想中。

梦想关系中的那个人改变了，我就幸福了；梦想我的钱再多一点，我就幸福了；梦想我再漂亮一点，我就幸福了，而这些梦想正折磨着现在的自己，无法幸福。唯有接受自己生命的现状和尊重他人的人生，才能更好地去建设彼此的关系和生命，从而走向幸福。

世界上有两种人，富人和穷人。富人，将泥土变成黄金；穷人，将黄金变成泥土。富人的心里携带着天堂，穷人的心里携带着地狱，不管去到哪里，这两种人都把自己的世界带到了那里……天堂和地狱不是地理上的位置，而是生命内在的态度。

没有内在的丰富，外在的财富只会突显内在的贫穷。

有些人有在沙漠里卖沙子的能力，如果误用了这个能力，就会把自己给卖了。

家庭和事业是一个能量的运作，所以，有一句话叫成家立业。无数的男人更想拥有事业的成功，然而，未成家很难立业，这里所说的成家不是形式上的结婚，而是实际意义上的成人，否则，一个未成年的孩子承载不了财富，即使财富经过你，你也没有足够的能量去运作，反而会被这些财富的能量困扰。

你有赚钱的能力，不代表你有幸福的能力。赚钱，是某种创造。幸福，是你爱自己的能力；幸福，是热爱生命的能力。

没有人会尊重债主，如果有尊重，那也是一个伪装。银行对有钱人好，是想从有钱人那里得到更多的利息。亲子关系不是利益关系，否则，方向性错误，一切努力都将白费，孩子不是债主。

你有钱，却不幸福；你有房子，却没有家；你认识很多人，却感觉很孤独。到底是哪里不对？那个主人走丢了。

贫穷，源于囤积；富裕，来自分享。

追逐金钱，弃绝金钱，表面上看起来是对立的，事实上是一种极端的两种表现形式，是自我从一个极端移到另一个极端，任何的极端带来的都不是建设性的能量。

不管你选择在哪个城市居住和生活，不管你的兴趣爱好是什么，不管你从事怎样的工作，请记得活在当下，享受当下，这个当下本身就是成功。

一颗安稳的心，来自你了解生命比任何东西都珍贵，来自你内心的感恩和富足。

如果你的信仰只是赚钱，那么你的一生只是一个挫败，只盯着钱而看不见生命，钱注定不会跟你，钱只为生命服务，你对生命有态度，钱自然欢喜而来。

所有的困难和挑战都是重生的起点，无论你这个片刻失去什么，都比出生的片刻富有。如果你不失去自己，就没有什么可以失去的。

每个人都希望成就一番事业，而成大事者通常胸怀豁达广阔，人生格局和心量决定事业的大小成败，而非技巧。

扩张自己的眼界，如实地看待这个世界。

遵循自己的内心，活出自己的幸福，需要对曾经过往所有的发生真正释怀，需要理解自己和他人，不是内疚和谴责。金钱很美好，因为他能服务生命，如果把一辈子都浪费在赚钱上，你就很难找到幸福，因为生命不只是金钱，生命比金钱更昂贵。

脚下都有远方，看不到远方，是你困在了眼前的方寸之间。

任何时候，在任何的领域当你获得财富的时候，去检视自己的德行是否与财富匹配。任何渠道的财富，都需要德行来承载，求财需修德，德行是财富的管道，疏通管道，财富自然会来。

把钱用到错的地方，只会越来越贫穷；把钱用到对的地方，当然是越来越富有。对与错的界定是使用金钱的人生命内在是否具有建设性，具有建设性能量的人，总是做对的事情。

无论你生活在哪个城市，有钱有房，都是当今无数人奋斗的目标。

人们在整个奋斗的过程中，是挣扎和痛苦的。

我们的初心是想拥有幸福，却以挣扎和痛苦的能量去生活、工作，幸福基本不可能。

　　钱和房只是工具，我们走着走着，幸福的初心不见了，纠结、挣扎占据了我们生命的全部。这样，无论多么努力地奋斗，美好的未来都很难到来，即使有钱有房，幸福离你也很遥远。

　　一切美好的未来只是无数美好今天的延续。

　　我们把钱和房跟成功画上了等号，这是我们很难幸福的根源之一。

不要等有钱有房了，
才去规划你的幸福，
从现在开始幸福，
你想去哪里，
就从哪里出发，
你想去到幸福，
就从幸福出发。

　　财富、荣华、情爱，最终一切都是空的，而每个片刻我们又在执着这一切，我们在不断地领悟中，又在不断地执着，这就是我们的人生。

　　每个人都有享受生命幸福的权利，也有穿越人生痛苦的自由，当父母看到孩子受苦或孩子看到父母受苦，彼此不介入很艰难。

　　血浓于水，自然奋不顾身。

　　如何协助是关键，协助不是包办，包办代表没有接纳和尊重，不管拯救什么人，如果只是担心和否定地去拯救这个人，都是在伤害这个人。

任何的协助，都只是支持这个人站在自己的双脚上，靠自己的力量站起来。

权力和金钱是当今社会的价值取向，这个取向已渗透到无数的家庭之中，拥有权力和金钱就意味着成功，这是非常原始和野蛮的认知，这将极大地挫败一个孩子的聪明才智，摧毁孩子对自己生命的信任，让孩子失去爱自己、爱世界的能力，权力和金钱凌驾于生命之上，是一切麻烦的开始。

抱怨，是一种贫穷，当你想抱怨的时候，尝试停下来，看看内在那个贫穷的根源是什么，这会对自己有益……否则，你无意识地不断抱怨，只会让自己更挫败，更无力……抱怨他人，是在回避自己的责任！

钱是为生命服务的，无数父母对生命没有正确的态度，自然对金钱盲目追求，这会让生命很艰难。可能赚了钱，却失去了家，最终父母和孩子都很挣扎。

一代代这样轮回，代价是昂贵的，任何的幸福和成就都是建立在对生命有正确的态度之上。

抱怨是一生，感恩也是一生，如何选择是每个人的权利。这种选择，将直接决定你的贫穷和富有、福气与幸福。

如果你的钱不能服务生命,那么你就是贫穷的。

人们更多的是关心结果,而不在意曾为结果付出过什么,这叫贪婪,而贪婪带来的一定是挫败,不会是好结果。

幸福跟钱有关也没关,有幸福能力的人,你的钱会帮助你更幸福;没有幸福能力的人,你的钱只会让你更痛苦。

富足感,是生命内在的感受,是生命内在的一种态度,如果你需要借助金钱才能感觉到富足,那不是真正的富足,是一个假装的力量。

如果你的人生是以金钱为导向的,那么你的人生一定是艰难的。你的幸福、你的快乐、你的心情、你的价值观全都被金钱左右了,可以确定:你赚钱一定很难,幸福更难!

金钱是为生命服务的,而不是生命为金钱服务,对生命没有正确的态度,金钱很难跟随你。

施与受,是一个平衡,也是一个循环。

当你总想要什么又不能如愿的时候,或许你需要思考:是否需要把自己生命某一个美好先带到这个世界,来平衡生命的某个失衡,在你给出去的时候,就是在创造你通往富足的通道。

穷，会激发一个人的恶念，恶念只会得到恶果。

而真正的贫穷，是心灵的贫穷。永远都不满足，这是一种贪婪，而贪婪的人很难拥有外在物质的富足。

富足的前提，是找到贪婪的病因，疗愈它。

内外的丰盛自然会到来。

心中没有爱，是内在的贫穷；你的钱不能服务生命，是外在的贫穷。内外都贫穷，艰难是自然的。

钱是能量，也是镜子，你为小钱纠结，你就只值那点钱。总之，钱比你重要比你大，你就没有能量与钱玩游戏，钱自然不跟你。

纠结钱，忽视钱，其背后都是恐惧。

你一旦创造出内在的富足，外在的富裕就会与之会合。

钱有它自己的使命，钱是为生命服务的，你的生命没有爱，如果你只对钱敏感或感兴趣，你对生命没有态度，钱自然离你越来越远。

金钱可以买到无数的商品，然而，生命中最珍贵的东西却是无法买也无法卖的，明白并珍惜这一切，是最宝贵的财富。

贫穷会局限一个人的生命，
贫穷会关闭生命的各种向度，
尽可能地创造财富，
生命的富足，
会打开你生命各种不同的向度。

幸福药方
The Secret of Happiness

关 系 篇

我们总是离别人更近，离自己却更远，了解和明白自己是那么困难！知道和明白自己，是一生中最重要和最根本的事情，否则，你搞明白所有人，却不知道自己，你一生都是糊涂的，卸下和舍弃不属于你生命的垃圾，你会看见光亮的自己。

自我，是外界对我们所有的看法和评判，我们自己也以这样的方式看待自己，这就形成了我们今生的自我。自我越强大，你会越在乎别人怎么看你，你离自己就越远。

你是某某人物，而不是你自己，这是一个人成长路上的最大障碍。永远记得，一个人一生中，会进入很多的角色，那只是角色，不是真正的自己，迷失了自己，你就找不到回家的路。

成熟，意味着你尊重自己的生命，也尊重他人的命运；成熟，意味着你不再抱怨、指责任何人，以爱和尊重的方式对待自己和他人；成熟，意味着发生任何事情，你首先愿意看向自己，可以做怎样的调整。如此一来，你会发现自己越来越美好。

往内走，是我们不熟悉的，最初，我们看不见，听不见，也感觉不到任何东西，需要一个往内走的导游牵着你的手去慢慢地走。直到有一天，你可以感觉到周围有了一些光亮，此刻，是一个逆转，是内在某个向度的打开，有了第一次经验，往后单独行走的旅程会容易很多，这前提是需要内在的一份信任。

今生，我们最大的痛苦和无奈，就是机械地活着，不知道自己是谁，要去哪里，这一生要干什么，活着的意义是什么……每个人都想对这个世界有所贡献，我们先找回自己，才能感受存在需要把自己贡献给这个世界，找回自己，就能感受存在需要你。

我们的内心渴望远方，渴望自由……所谓的远方是我们内在的深处，当我们能安住在当下，我们的心就是自由而富足的……无论我们走到哪里，我们的内心的自由都能安住在那里。

我们的真我被无数的假面具掩盖，在自欺中迷失，我们可以从月球上找到回家的路，却迷失了回到心灵家园的路。

如果我们无法从制约中解脱出来，那么所有的创造都只不过是抄袭，一个机械的复制。越少被制约的孩子，生命会越具创造力。

评判、抱怨让我们失去了沟通的桥梁，失去了自己成长的机会，让我们关闭了看见生命美好事物的窗口。

和谐、幸福与健康，源于你内在和谐的生命，没有人可以给予你，唯有你自己可以给予你自己。

无数的人一生都在说话，却忘记了聆听，聆听是一个人一生中非常重要的一件事，我们常常说了很多的话，却并不知道自己在说什么。

聆听自己，聆听他人，聆听每一个有缘的生命，是我们真正善待自己的开始。

同意任何人的命运，也同意自己的命运，这是一份尊重，同时我们会从中获得无限的力量。特别是孩子，如果能够明白：我不需要为父母承担他们任何生命的课题，甚至是那些不幸，这将让彼此解脱的同时会看到更有利于彼此的情况发生，不幸的轮回就是因为失去了彼此的尊重。无论是抗拒父母的命运，还是挣扎自己的命运，都是困兽之斗，只会让情况更糟……美好的解决之道是带着尊重全然地接受命运的一切，困难和挑战会成为磨炼，成为生命中强大的力量。

团体活动和工作坊的益处，在于每个人带着自己的单纯和真诚，在那个当下，跟生命真诚接触，把美好的芳香留在团体，同时，又吸收着团体集合的芳香，这就是生命之流的美好和力量。远古时代，祈祷最初的形式都是团体的，个体的祈祷是后来才发现出来的，事实上，祈祷真正的力量不在个体，而在团体。

所以，人们常说，老百姓是天，老百姓是地。

一切美好的东西都来自整体，而不是个体，生命不是孤岛，不是个体，而是整体。

随缘，除了人们的各种理解以外，随缘的另一层意义是接受一切的发生，也包括接受自己内在所有的感受，然后，以最好的态度面对，智慧地处理，让一切的发生来建设自己的人生，这份随缘叫修行。

修行之艰难，在于看见自己不容易，常常是被迫弯腰才能了解自己的僵硬和傲慢，然而，一旦了解，就是一种解放。

依法不依人，这句话早有耳闻，而这个当下，我有一点新的领悟：透过遇见每一个人，去参悟其背后生命的真谛和道法的自然，不去纠结任何的人与事。

每一个人都是圆满生命的存在，都是一尊肉身佛，但我们往往忘了自己，不明白自己，所以总想去搞明白别人，让自己找到那个内心的满足，这注定是一个死胡同。安静下来，回头看自己，生生世世地看，直到看到那个圆满，这是唯一的路。

历史是贯通的，过去、现在与未来。

每个人、每件事都是彼此关联的，你的昨天、今天和明天也是彼此关联的。美好的明天，从今天开始，每个当下，都是你改变和调整的最好时机。

整个地球是一个家园，这个家园没有别人，只有家人，这个地球没有"他们"，只有"我们"。

当我们以这样的方式思考，很多事情会变得不一样。

我们常常把自己的精力和时间浪费在跟他人的争论和生气上，如果你可以选择蜕变自己，你就不需要常常生气和争论。你生命蜕变的能量所散发的清新，会让和谐与幸福靠近你，让争论停下来。

我们在忙碌中看不见自己，我们投入了大量的能量和时间忙着制造烟雾来蒙蔽自己的双眼，我们只能从外在知道自己，外在的自己是渺小的。渺小的自己自然是自卑的，每个人既不是小的，也不是大的，而是无限的，从内在了解自己，了解自己内在那个辽阔的生命。

生命中许多的事情来了，又走了，就像一部电影。

看电影的人比电影更重要，你永远是那个看电影的人，千万不要错过这个人，如果你错过了这个人，你就错过了全部。

人们常常执着那部电影，却忘了看电影的那个人。

一个真正走在生命成长路上的人，必须赤裸地前行，需要扔掉不属于生命本身的一切负荷，或许每一次的放手或放下，都伴随着恐惧和阵痛，但接下来的是你对生命真正的敬重。

所有的沉重都是因为我们负荷太重，我们常常以为我们背负的那些包袱和承受的负荷，可以让更多人看到我们的价值和让自己更重要。

一切的证明最后都会是挫败，因为证明的背后是你没有接受自己，一个不接受自己的人是在对抗老天，挣扎是无法避免的，慈悲地对自己，才有对老天的谦卑。

无知，是你存在，你却一直感觉不到自己的存在，紧张、焦虑就产生，人们就开始获取大量的知识和信息来感觉自己知道很多，我们用借来的知识欺骗自己的无知。唯一的知道是你从内在感受自己的存在，不管你是做什么的，你一直都存在，我们只需要从内在去觉知到自己。

任何时候，任何系统，任何关系，联络、报告、讨论、协商……都是一个人迈向成功之路的重要方式和助力。

所有给你制造痛苦的人，都是你生命的大师，透过他们的照见，让你真切地看见自己。最后，你会明白，他们不是来为难你的，而是来提升和祝福你的。

新的一年，无论有怎样的预测……有吉星还是没吉星，你都有机会。你自己就是自己的吉星，生命是富饶的，任何时候都记得善待自己，抛开所有的紧张，放松自己，信任自己，所有的发生都将帮助你走向幸福和圆满。

每个人都是道的一部分，山川、河流、树木、小草、鱼儿、小鸟皆是，一切由道开始……道是宇宙的秩序，存在的法则，生命的起源。道意味着整体与和谐，背离这两者，意味着你已远离了道，失去的是生命的支持。

接受你自己，你的无意识会变成你的有意识，这是所有疗愈的根本，不管是哪个流派，你不是一个错误，放下你所有对自己的谴责和罪恶感。一旦你接受自己，内在的障碍就会消失，感激会在你的内心升起，这份感激是你对生命的态度，你有这样的态度，老天会以千万种方式来祝福你。

我们有眼睛，却看不见真相。我们看见的是幻象和表象，行走在这个世界，修行和成长的根本就是透过表象看到真实的存在和自己。

每天花点时间静下来，彻底忘掉这个世界，只记得自己，领悟自己，你会发现，你更有力量面对世界。

每个人都有性格，性格就像面具，你可以戴上它，也可以取下它。唯有一个人不执着于性格，性格才不会成为你的障碍，如果你很有性格，又很固执，可以确定，障碍和挑战总是跟随你。好的教育是允许孩子有性格，同时，培育和给予孩子跨越性格的能力，就好比让孩子有能力穿上那件衣服，也有能力脱下那件衣服，不必一直穿在身上，这样的孩子可以活在自己的本性里，活在自己的光芒里。

我们生活在同一个世界里，却有不同的命运，你的眼光就是你的世界和命运。如果你的眼光已被污染，你看世界的方式就会出现偏差，你的人生自然就混乱，充满着各种冲突。往内走，你的第三只慧眼会帮助你看清这个世界，你会完全变一个人，你的世界也不可能如从前，事物依旧，人事已非，人生自然会去到一个新高度和境界。

我们的眼睛只能看别人，无法看自己，我们只能透过镜子看自己，而镜子里的自己只是一个反射，而不是本质的自己。事实上，我们对自己的了解很大程度上是一个虚假的反射，我们对自己只是一个熟悉的陌生人，唯有从内在开始了解自己，你才不会恐惧自己。

一个知道自己的人，是健康的人。成长，就是不断地明白了解自己。

明白自己是谁，是一生的修炼。当你明白自己是谁的时候，你就知道了这个世界。

有些人，把自己当工具，也把他人当工具，彼此的交往变成了交易，最后伤到的是自己。交往，彼此应有尊重、流动和平衡。

你的认知中，如果有很多的应该和应当，你就会有很多的挣扎，所有的应该和应当都会困住你。放下固有的成见，就是解放自己，你在自由中会有很多的选择让自己变得越来越好。

很多时候，我们都在为他人的标准和目光而忙碌，总觉得自己应该成为那个人那个样子，每天都想着别人的目光，想着别人的看法，想着别人的事情，有多少时间你是在感受自己……一个人之所以自卑，是因为离开自己太远太久……去连接真实的自己，去感受内在真实的感受，勇敢地经历自己……有一天，你会惊叹：啊！这是我自己！

所有人的内在需求都需要自己去探索和成长，他人只能满足你表面的需求。

爱自己，就是无论发生什么，都不要谴责自己。你谴责自己，你就成了自己的敌人，你也会去谴责其他人，这样，你什么事都做不了。错误不是罪恶，是疾病，生病需要的是看医生，而不是谴责生病的人，健康地活在这个地球上，是每个人的荣耀。

执着于冲突、争吵和争执当中，是一种巨大的能量消耗。试想一下，之所以有冲突和争端，是因为彼此的认知不在一个频道，如果对方的认知比你高，你可以调整自己；如果对方的认知比你低，更没必要争论，那只会拉低你的水平，没有任何的意义。

快乐需要两个人，需要二元性，祝福只是自己单独就够了，快乐中你需要伙伴，品尝美味需要佳肴，愉悦的聆听需要音乐。祝福，你单独的时候就可以发生，不需要依赖任何人和物，这是一个生命内在独自发展的华丽而自由的空间。

每个人的"我"的背后，有一大群仆人的"我"在那随时等着出来做主人。这些仆人就是我们各种不同的人格和疯狂情绪中的"我"。大部分时间，我们都在让仆人做主，由此，人生一团混乱……我们失去了自己，失去了本我，也就失去了生命的喜悦，需要找回真正的主人。

自我，是公共意见的副产品，是无数众人给到你的意见，你盲目地接受了，并携带着它们过着自己的人生。在你的人生中，你没有自己的意见，全是别人的意见，因而失去了对自己的尊重。自卑就是这么来的，你不尊重自己，你就会自卑。


所有的诗歌都来自心灵深处，对这个世界的回应。哲学家负责提问，诗人负责回答，神秘家保持沉默。


如果你正活在痛苦中，那就意味着你正在跟这个世界对抗，跟自己对抗。对抗让你跌入痛苦的深渊，世界成了你的敌人，自己成了自己的敌人。当你明白的时候，你会从痛苦中走出来，走向胜利和自由。


当你真正明白你是自由快乐的根源，你就有能力享受你所做的任何一件事情。如果你不能享受，那就意味着内心深处的自由不在，去觉察和了解，"我"用什么阻碍了自己内心的自由。


我们以为抗争就会走向胜利和成功，所以，很多时候，我们敌对这个世界，不断地与世界作战。有一天，我们会忽然发现，那个敌人，不是外面的任何人，而是自己。跟自己和解，是我们生命走向美好的唯一途径。

每个人都会带着自己人生的苦楚，投射到走近你的人身上。别人会是你的银幕，在那上面，你会看到你自己，如果能觉察到这一点，你就赢了。

一个怀疑自己的人，常常会把自己的建议和意见强加给他人，这份操控没有尊重，更没有价值，如果你的人生很美好，不需要任何强加，就已经在惠泽自身和影响你周围的一切。

友谊，不是关系，是一种品质，是你生命内在的品质，跟其他人没有关系，当你跟自己能友好相处，你就能把这份友谊带到世界的任何地方。

所有的指责、抱怨都是想让他人为自己的人生负责任，放下任何形式的抱怨，负起自己人生的责任，是成熟的根本。

当一个人混乱的时候，就会感觉很累，无论你处在什么位置，混乱的时候，你都是无助的。在混乱中，把流动带进去，在流动中，找到自己的道路，做回自己，在自己的力量里，活出自己的精彩和美丽。你的道在你的心中，别无他求，你是自律而自由的。

求师不专一，受益不会深入；交友不专一，真心朋友自然没有。

心中对这个世界没有敌意，你就会没有焦虑，放下心中的敌意，那是我们跟自己的对抗。

与自己和解，这是所有冲突消失的真相。

外面没有家，只有房子，家在每个人的心里，往内走，你灵魂的样子，就是你内在的家。心里有家，走到哪里，你都会心安，你都有能力去建设那个外在的家园。

在外面累了，就回来，回到你内在的家，这是你给自己最有价值的礼物。

量力而行地给予，心悦诚服地接受，这是关系平衡的艺术。

成年的你，总是欲求无度，只说明一个问题，你不想长大。

你对任何人的好都需要是真诚的，因为没有真诚，就是取悦。你对任何人的取悦最后都会变成挫败，很自然，伪善不会有好的结果。

我们的生命中，很多的发生都是无意识的行为，所以，才有那么多无奈和痛苦，如果我们可以选择有意识地去面对那些发生，那么，我们就将自己从黑暗中带到了光亮之处。

找呀找呀找朋友，找到一个好朋友……儿时的童谣，朗朗上口，人人皆知。

一生之中，我们不断地东张西望找朋友，最后把自己给搞丢了，找来的朋友也走了。

这是一定的，你不在，朋友来了跟谁玩。

把丢失的自己还给自己，是成长最关键的一步。

面对困难和挑战，可以收获勇敢和成长。

感恩你人生遇到的每一个困难和每一次挑战，这一切均是珍贵的成长机会。

人们对速度越来越有兴趣，总想用最快的速度做完一件事情或达成一个目标，因为万物易变，生命短暂。

由此而衍生出了两条路：享受物质世界和寻求内在永恒的自己。

慢下来，在享受生活美好的同时，也在每一个行动之中，携带着生命的祝福，去觉知永恒的自己。

孩子、老人是生命的两端，也是生命最脆弱和无助的两个阶段，对孩子和老人的态度，最能映射出一个人对生命的态度。每个人都从孩子开始走过来，步入老年，是每一个人无法回避的现实，能健康快乐地活到老，是人生最大的成功，这个成功是每一个平凡日子修行的结果。

无论是身体的疾病，还是心里的创伤，真正疗愈你的不是医生、药物和其他专家，而是当事人愿意放下那个疾病和那份执着。

否则，无论是医生还是专家，如果没有得到当事人的协助与配合，什么事也干不了。

没有人可以在违背你意愿的前提下来帮助你，这是一个事实。

每个人都是老天的孩子，都可以把老天的智慧发扬光大。

很多时候，人们无法交流，初心想交流，结果常常变成争论，原因是我们内心的自卑总想证明自己是对的，所以，人总是处在不断的对抗和证明当中。

找到一份属于自己内心的自由，做自己，爱上自己，爱上自己整个生命的旅程，爱上这个世界。

指责他人，随意评判，如果成了我们的某个习惯或一种惯性，人生就会变得无聊和无趣，更谈不上任何的建设性。

如果我们可以看到每个人不可思议的独特和才华，在关系中，在彼此的心里就会升起爱的波浪，这个波浪会召唤着我们意识的觉醒。

市井生活，人生旅程。

去认清哪一种情景和生活是你需要涉入其中的，哪些是你的责任，哪些是你的包袱。清晰，将带给你建设生命各种关系的力量。

认识世界，需要先认知自己。

你是中国人，也是世界公民、世间的过客，自由的灵魂，还是来拜访这个星球的客人。

在地球上，所有的人都属于一个部落，我们有着各自成长的生命主题，彼此的支持和照见可以唤醒我们的意识。

在关系的互动中，去分享和接受，而不是抱怨和索取，这两种态度，会给一个人的人生带来完全不同的结果。

关系中，共赢是迈向成功的通道，共识、平衡、彼此受益，这是关系中的重要元素。

你自卑，走到哪里都觉得别人瞧不起你。
你自爱，走到哪里都觉得别人爱你。
你的世界，是你对自己的认知。

时代的变迁，让今天的年轻人比年长者拥有更多的知识，这在过去两千多年的历史上，不曾发生过，而近几十年内发生了。这势必让年长者和年轻人之间产生巨大的鸿沟，代沟越深，沟通越艰难。这意味着年长者对年轻人的影响力在逐渐消失，剩下的是形式上的连接，精神和灵魂的部分已不在，所以，一切都变得不安和混乱，几千年代代相传的局面已被打破，沟通管道已破碎，两代之间说着完全不同的语言，这不是任何人的错，是时代的变迁，环境的变化所致。

　　唯一的解决之道是我们互相倾听，彼此尊重。

　　知识再多，对生命的谦卑不在，知识只会变成包袱和障碍。


　　任何的关系都会有冲突，没有更好的关系，只有更觉知的关系，在冲突中看见自己，成长自己，让彼此更舒适，这是关系中唯一值得做的一件事情。


　　内在的混乱，带来的是外在的冲突，如此的生命状态，往往是一件小事，就让你的生命失去了平衡。

　　外在所有的发生，都需要回到内在来看自己。


　　如果把出生和死亡比作海洋的波浪，出生是浮出海洋表面的波浪，死亡是波浪消失在了海洋里，两者来自同一个源头。

　　如同夜晚消失在白天里，白天消失在夜晚里一样，它们来自同一个存在的世界，爱因斯坦的相对论对世界是一个伟大的了解。

　　在绝对的终极意义里，没有出生，也没有死亡，只有存在，这个浩瀚宇宙的存在包含了所有的矛盾。

　　尊重一切的存在，尊重所有人的命运，因为你并不知道那个存在背后的真相是什么。

　　我们常常以自我的标准，去谈论他人的生死命运，是非功过，这是自我的傲慢和对他人的践踏。没有任何人有这个权利，这对任何人，任何关系都无建设性。

人们常常把亲人和朋友之间的支持或帮助，视为理所当然的，这是一种小孩的心态，只有孩子会视父母的给予为理所当然。如果你已经成年了，还停留在三岁孩子的心理模式里，这样的你既没有尊重自己，也没有尊重他人，因为你否定了自己的力量，同时，也没有感恩他人的付出。这样的模式，会令自己生命中的每段关系都很艰难，挣扎挫败会成为自己人生的主旋律。

你视任何人对你的好都是应该的，你就还是一个三岁的孩子。

看见自己，你看到的地方，你就把光亮带到了那里。

红尘中，我们借每段关系修炼自己，任何的修炼都不是妥协，妥协的背后是你失去了自己，最后留下的是委屈和抱怨。

如实地看见每一个发生，承认并尊重事实，借所有的人和关系扩张和提升自己，最后，带走你的成长，留下你的感恩。

聆听的最大困难是我们无法"空杯"，无法站在对方的立场同理对方，根源是我们感受和连接不到自己的生命，总带着头脑的评判或预设立场去分析和在那滔滔不绝地讲道理。

越亲的人越随便，这很自然，然而，再随便也不能失礼，因随便而失礼，这就不是随便的事了，是随性而缺素养。

一个人缺素养常失礼，结果只会令自己不堪。

一个人，一个家，一个国，都需要知礼，否则，最后失去的是站立的能力。

我们看不见自己，是因为靠得太近，任何的看见，都需要距离和空间。

看见自己，也需要耐心、空间和距离，不必匆匆忙忙，每天花点时间陪自己静静地呆着。

一个人有静的能力，也要有动的活力。

懂你的，不需要解释，不懂你的，再解释也没用。

讲话有用和有效，是建立在对方听得懂你的话上，同时，也允许和接受听不懂你话的人存在，你就自由了。

人脉是一回事，人心是另一回事，很多人有人脉，却无法赢得人心，是因为初心和焦点放错了地方，放到了急功近利上，最后努力来的结果只会是挫败。

无论做什么，服务生命的初心不变，美好是迟早的结果。

一个人有能力看清楚这个世界上的每样东西，是因为他有能力看见自己。无论你在外在的世界走多远，无论你做什么，进入你自己，这是生命中最重要的一件事情。

爱亲人最好的方式，就是无条件地把自己过好，照顾好，彼此省心，这是亲人间最好的祝福。

物质可以被测量，意识无法被测量，如果我们以为生命就只是我们的身体，我们就局限了自己，这个世界无数真实的存在，是无法被测量的。

看见自己，并不只单纯地看见自己的身体，更多的是你有能力看见自己神圣的生命和浩瀚的星空。

每一个人跟星空都是一体的。

关系中，彼此相处舒服的背后，是双方有界限、有真诚、有尊重、有接纳和同理，这是一种修为和素养。

成长，就是透过万事万物看见自己的灵魂，透过遇见每一个人看到自己，我中有你，你中有我，万物一体。

在关系中，我们常常挣扎的是对方不是我想看到的那个样子，我们有期待，有标准。其背后是恐惧和索要，唯独没有爱和同理以及耐心，这让我们的人生很挣扎。

我们需要什么，就先给出什么，这是正道。

我们的身体有6000多兆细胞，每一兆是10万亿，多么不可思议，每一个人都是一个浩瀚星空，很多时候我们对自己的身体毫无感觉。

我们感受不到身体，感受到的常常是这里痛，那里痛，这是因为我们冻结了身体流动的能量和组织细胞，如果我们可以把生命的能量带到流动当中，95%的问题就消失了。

如此，我们才有可能看到自己生命的浩瀚。

现代人常见的疾病：肩痛、背痛、腰痛。收缩紧绷的神经是疼痛的来源，锁在身体的情绪冻结了我们流动的身体。在僵硬的身体里，细胞得不到滋养，我们就在慢慢失去身体的健康，身体是第一道门，错过这道门，其他都枉费。

包容，从包容自己的人生开始。

包容走过的岁月，包容岁月的艰难和不易，包容年轻时的幼稚，包容如今的天真，包容种种的不完美。

可以对自己如此包容，除了放松就是对他人的理解。

所有的遇见都是久别重逢。

一个人之所以常常被外界干扰，源于看不见自己，看到的是虚假的自己，唯有看见自己，才能带来扎根生命的力量。

日出日落，春夏秋冬，我们不断感受着外面世界的四季交替、昼夜循环，而我们很少去感受自己生命内在的早晨和夜晚，我们对身体和生命的麻木，带给我们的是人生的艰难和无助，我们跟宇宙的核心是一体的，一个人感知不到自己的身体就如同失去了与根的连接。

欣赏和尊重，是所有关系的基石，在此基础上，才有可能进一步去增进感情和建设关系。彼此欣赏，就是彼此点亮对方，彼此尊重，就是相互提升对方。

春华渐远，夏舞翩翩，又是一个立夏。斑斓的夏天，风情万种。清新、自由而浪漫，走过岁月，懂得成长，便没有辜负自己。

为了赢得他人的认可、尊重和欣赏，我们在虚假的世界里失去了自己，这叫压抑。长期的压抑最后会变成攻击，这叫极端，任何极端的言行，带来的都是破坏性的结果。

平和真实地做自己，是一种修行，这样的修行带出的是生命的建设力。

你是什么星座，不是重点，你可以活出你的星光灿烂才是关键。在这个地球上，为自己代言，负起责任，放下成为他人的想法，你就自由了。

好的关系，不是没有问题，而是你有勇气真诚面对关系中的一切问题。借一切的问题成长，一切的问题都不是问题。

友谊不是关系，友谊是一种品质，是你跟世界连接的品质。你有这种品质，会将这种品质带进你人生的各种关系和自我之间，伴侣之间，亲子之间，朋友之间，山水之间，遇见你的人都能感受到生命的这份爱。

自卑，是关系中最大的障碍，自卑会阻碍深层的亲密关系，自卑是一个人对自己的嫌弃，对自己的质疑，对自己的仇恨。与自己和解，是根本的解决之道。

不平衡的关系有两种，给予太多或索取太多，都会令关系失衡。一个人需要在任何关系中，去珍惜对方所给予自己的一切。

并以自己的方式去回馈对方，而不是讨好或否定对方，承认事实是一种力量，一种建设生命的力量。

让自己在平凡的生命中去平衡自己的各种关系。

甘于平凡平衡地活着，而不让自己变得特别，是生命长久和长情之道。

别人有个名字叫镜子。
当你从镜子中，
看到自己的脸脏了，
请不要打坏镜子，
只需要把脸洗干净。
关系中所有的人都是镜子，
去感谢每一面镜子。

感觉自己是自己的一个陌生人,
看着这个陌生人,
经过时间的河流,
静静地看着流经的岁月。


一个人的成长、进步和穿越,
最终都会为全人类带来贡献。
所以我们并不需要改变社会,
只需要成长自己和蜕变自己,
你就在奉献自己和贡献社会。



当我们不隐藏谎言,
真理就会自然呈现;
当我们不反对丑陋;
美好的一切就显化;
当我们不反对声音,
纯粹的宁静就发生。
所有显化的一切,
都在为隐藏的做准备。



如果我们可以放下对抗,
我们就开始跟自己和解。
当我们跟自己和解,
那是生命内在,
一份不被打扰的高贵。

孤单，
是一个人的狂欢；
热闹，
是一群人的孤独。


共鸣就是两颗心彼此开放，
和谐韵律就发生了。

# 后 记

《幸福药方》出版了，

我问自己：我幸福吗？

我没有来得及长大，父亲就走了；

我不幸！

母亲独自一人温暖地养大了我，

我万幸！

十三年父女情，情深似海；

四十年母女缘，恩重如山；

生命传承，代代相传；

滴水之恩，涌泉相报；

生命之重，何以回报？

美好幸福地活着，是对父母和生命唯一的感恩和回报。

借此书献给天下所有的父母，祝福每一位父母幸福安康，生命吉祥。

借此书献给天下所有的孩子，祝福每一个孩子拥有家的温暖、平安、健康、喜悦地成长。

借此书祝福我们自己，在生命的每一天，所言所行都是生命智慧和爱的表达。遇见的每一个人都是支持和滋养生命的贵人。

祝福祖国国泰民安！祝福世界天下大同！

祝跃容

2020 年 12 月 14 日于深圳